思維導圖學作文

寫景、寫事篇

黎浩瑋 著

新雅文化事業有限公司
www.sunya.com.hk

目錄

第一部分

寫景的文章要怎樣寫？

第二部分
寫事的文章要怎樣寫？

思維導圖如何幫助作文？

什麼是思維導圖？

　　思維導圖（Mind Map），又稱腦圖、心智圖，是一種利用圖像來協助思考、表達思維的工具。

　　思維導圖以一個主題作為圓心，然後向外四散延展，連接一些跟主題有關聯的分支，這些分支再繼續擴展。

《美麗的公園》思維導圖

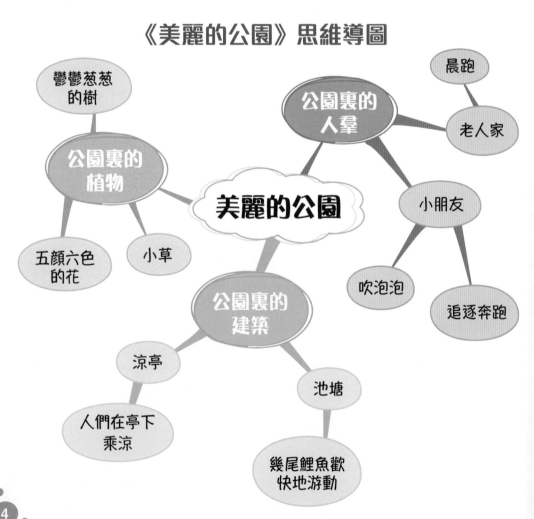

它怎樣有助我們寫作？

你有沒有試過在看到作文題目時，腦海中一片空白，不知怎麼落筆呢？這個時候，就可以透過思維導圖來激發想像力，想一想有什麼是跟這個主題有關的，然後把聯想到的內容寫在思維導圖中。

你可以不斷把靈感延伸，因為一個細微的東西也可能成為整篇文章的要點。當你不斷思考，把相關的內容擴展，在完成思維導圖後，就會發現當中已有寫作的材料了。

我們要怎樣善用思維導圖？

完成思維導圖後，你可能會發現圖中有很多內容，但是我們要懂得取捨，不要勉強將所有東西寫進文章。思維導圖的最大作用是激發思考，但我們的思考中難免會有些離題的聯想，如果我們把所有東西都寫到文章中，就可能會累贅，甚至是離題。因此，應仔細檢視思維導圖，把一些不重要的東西刪去，只把重要的東西寫到文章中。

另外，在作文考試時，切記避免用太多精力去繪畫一個過於精美的思維導圖，否則本末倒置，反而不夠時間寫作。

怎樣使用這本書？

本書示範如何用思維導圖的方式學寫作文，書中以寫景及寫事文章作為示例，每篇文章都設計了3個步驟：想一想、思維導圖、找出重點來，引導讀者一步一步掌握以思維導圖協助寫作的方法。

首先，你可以透過「想一想」部分，聯想與題目相關的問題，然後通過思維導圖，不斷把靈感延伸，再篩選思維導圖中的內容，找出重點來。完成了這三個步驟，就可以看看示範文章和文章分析，學習當中的寫作技巧。書中還提供了練習，讓你馬上實踐所學。

掌握了這些方法後，即使你日後遇到不同題目，也能靈感不斷，輕鬆寫出好文章！

第一部分

寫景的文章要怎樣寫？

寫景的文章

　　寫景的文章主要是藉由描寫景物來表達思想感情，這些景物或許是我們生活中常見的，例如《我的學校》、《郊野公園》、《夏日的海灘》、《熱鬧的街市》等，也有可能是我們還不熟悉的，例如《林蔭大道》、《奇妙的洞窟》、《在農田裏》等。

描寫景物

　　無論題目中的景物我們是否熟悉，要寫得令人身臨其境，就要掌握描寫技巧。景物描寫可以由整體到局部，從高、低、遠、近不同的角度去觀察。甚至可以由動到靜，由景到情。把握好寫景的順序，描寫出的景物便會層次分明，清新自然。

　　我們也可以利用不同的感官去描寫景物，例如，運用視覺描寫，刻畫公園裏鬱鬱葱葱的植物；運用聽覺，描寫公園裏的蟲鳴鳥叫；運用嗅覺，呼吸草木繁花的自然芬芳。不同的感官多元結合，展現公園的美，令文章賞心悅目，引人入勝。

題目 ① 美麗的離島

步驟 1

想—想

看到作文題目後，你可以從不同角度思考與離島有關的問題，這有助激發你的想像力。

- 離島的地理位置在哪裏？
- 有什麼交通工具可以抵達？
- 旅程中窗外的景色如何？
- 碼頭附近有什麼建築物？
- 島上的風景與市區相似嗎？
- 島上有田園風光嗎？
- 島上有什麼風景名勝？
- 和其他離島相比，有什麼特色？
- 島上的人們生活怎麼樣？
- 你喜歡離島嗎？

現在，讓我們把聯想到的東西用思維導圖呈現吧！

思維導圖

美麗的離島

大嶼山

位置

梅窩

特點

高樓較少

高樓集中在
碼頭附近

平房為主

人口稀少

房屋之間
有菜田

島上老人家
居多

菜田裏綠
意盎然

菜田裏有
稻草人

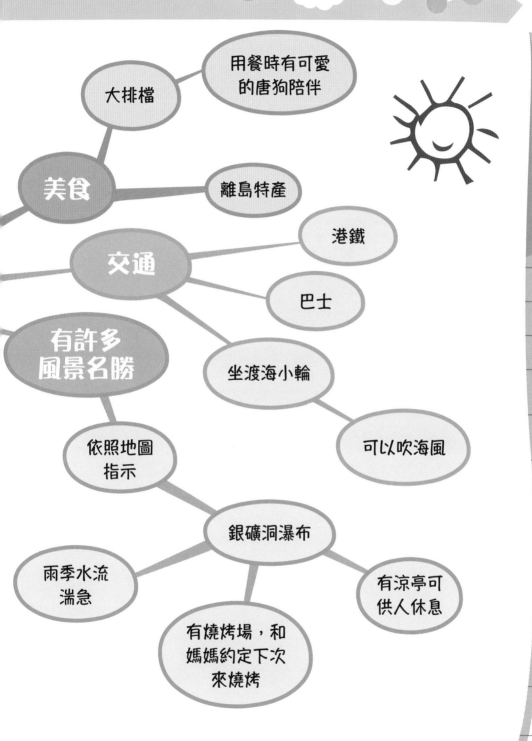

大排檔

用餐時有可愛的唐狗陪伴

美食

離島特產

交通

港鐵

巴士

有許多風景名勝

坐渡海小輪

依照地圖指示

可以吹海風

銀礦洞瀑布

雨季水流湍急

有燒烤場，和媽媽約定下次來燒烤

有涼亭可供人休息

步驟 3　找出重點來

我們通過思維導圖來幫助聯想，但未必每一樣東西都需要放到文章中。你可以選取一些重點寫到文章裏。

如何到達離島
搭乘哪種交通工具？沿途的風景如何？

離島的自然景觀
島上是否有田園或山地？島上的景色如何，有哪些植物？

離島的人文景觀
島上有哪些獨特的建築物？有什麼知名景點？

活動與感受
參加了什麼活動？給我怎樣的感覺？

完成這些步驟，就可以開始寫文章了！

美麗的離島

　　星期天，我們一家人到梅窩遊覽。梅窩位處大嶼山，我們可以選擇搭港鐵、巴士或渡海小輪前往。鐵路雖然快捷，但大部分時間都在地下隧道裏穿行，車窗外漆黑一片，毫無樂趣。可坐巴士，則要走山中馬路，左轉右拐，叫人頭暈。

　　最終，我們決定去中環碼頭坐渡海小輪。船在海中緩緩前行，在海面上激起了泡沫和浪花。鹹鹹的海風吹拂，帶來輪船的摩打聲。浪大時，還會有幾點水花濺濕皮膚。同時，海浪又以神秘的節奏拍打船身。各種聲音、味道、觀感，交織成一首海的樂章，真是有趣。

　　渡輪泊岸，碼頭的人流並不算多。同樣是離島，梅窩的人口比長洲要少。我們先到碼頭附近的大排檔吃飯。一隻黃色的唐狗就伏在不遠處的桌子下乘涼，安靜地陪伴我們用餐。大排檔裏沒有冷氣，但數把大風扇對正我們猛吹，倒也涼快。

吃過飯後，我們便向梅窩的著名景點銀礦洞瀑布出發。整個梅窩，高樓大都集中在碼頭附近。政府興建的公共房屋已是全梅窩最高的建築物。當我們逐漸遠離碼頭，房子的高度也逐漸降低，變成了三層樓高的洋房或是平房。屋子之間，有時還穿插着大片的菜田。田中豎立着幾個用衣架砌成的簡陋稻草人，它們全身掛着鐳射光碟。陽光下，微風中，稻草人在反光中發出響聲，甚有特色。

　　我們照地圖指示前進，終於來到銀礦洞瀑布。時值雨季，水流急湍直下，瀑布打在岩石上又濺起水花。瀑布旁邊有個小亭，亭子旁有燒烤爐。我對媽媽說：「這裏環境清幽，真是好地方。下次我們可以帶食物來這裏燒烤啊。」媽媽說：「好啊，就這樣決定吧。下星期，我們還來這裏，一邊看瀑布，一邊燒烤吧。」

文章分析

寫景之法，變化多端

寫景的好壞取決於多項因素。首先，我們要忠實地描寫景物的特色。其次，描寫要仔細，要讓讀者有身歷其境之感。要令描寫栩栩如生，寫作時可嘗試運用各種感官描寫，從聽覺、視覺、嗅覺、觸覺去描寫風景。更進一步，我們還要發揮想像力，運用比喻去刻畫景物。另外，我們亦可就眼前景物，分享相關的知識、歷史、經驗，這也可以令寫景文章更為有趣。

善用不同感官描寫

本文第二段便運用了不同感官去描寫海上景色。輪船「激起了泡沫和浪花」，這是視覺描寫；「鹹鹹的海風吹拂」，這是嗅覺描寫；「輪船的摩打聲」，這是聽覺描寫；「幾點水花濺濕皮膚」，這是觸覺描寫。此段運用了多種感官描寫去刻畫海上風景，值得模仿學習。

描寫田園風光

香港雖然非常都市化，但我們亦不妨學習田園風景的描寫方法。首先，我們要明確郊野風光和都市風景的區別，嘗試重點描寫郊外的特色。若有餘力，可將田園與都市稍作對比，亦有不錯的效果。本文便從郊外的建築物入手，描寫梅窩的平房。此外，大片的田野亦是郊外常見的景色。因此，作者亦着重描寫梅窩的菜田。菜田中的稻草人，更是田野特色，應多加筆墨。文中，作者不單描寫農夫用什麼物料製成稻草人，更以聽覺、視覺來描寫「稻草人在反光中發出響聲」，十分細緻。

詞彙

與度假有關的詞語：

出行、遊覽、觀光、遊山玩水、長途跋涉、飽覽
風光

描寫人文景觀的詞語：

碼頭、平房、水井、泥磚、荒廢村屋、稻草人、
防波堤、安居樂業、歷史悠久、古樸自然

描寫自然風光的詞語：

瀑布、樹林、山澗、田野、波光粼粼、山清水
秀、高聳入雲、鳥語花香

題目 2 山頂風光

步驟 1

想一想

看到作文題目後，你可以從不同角度思考與山頂有關的問題，這有助激發你的想像力。

- 你想描寫哪一座山的山頂風光？
- 你是否常常到這裏？
- 這裏的風景有什麼特色？
- 這裏的建築物是否很有特點？
- 這裏的空氣如何？
- 極目遠望，可以望到什麼地方？
- 這裏是否有很多遊人？
- 人們到這裏做什麼？
- 這個地方有什麼特別的歷史嗎？
- 從高處欣賞風景有什麼特別之處嗎？

現在，讓我們把聯想到的東西用思維導圖呈現吧！

思維導圖

山頂風光

太平山 — 位置 — 盧吉道

便捷但費用高昂 — 纜車 — 交通

巴士 — 沿途欣賞風景

盤山而上

巴士左拐右拐

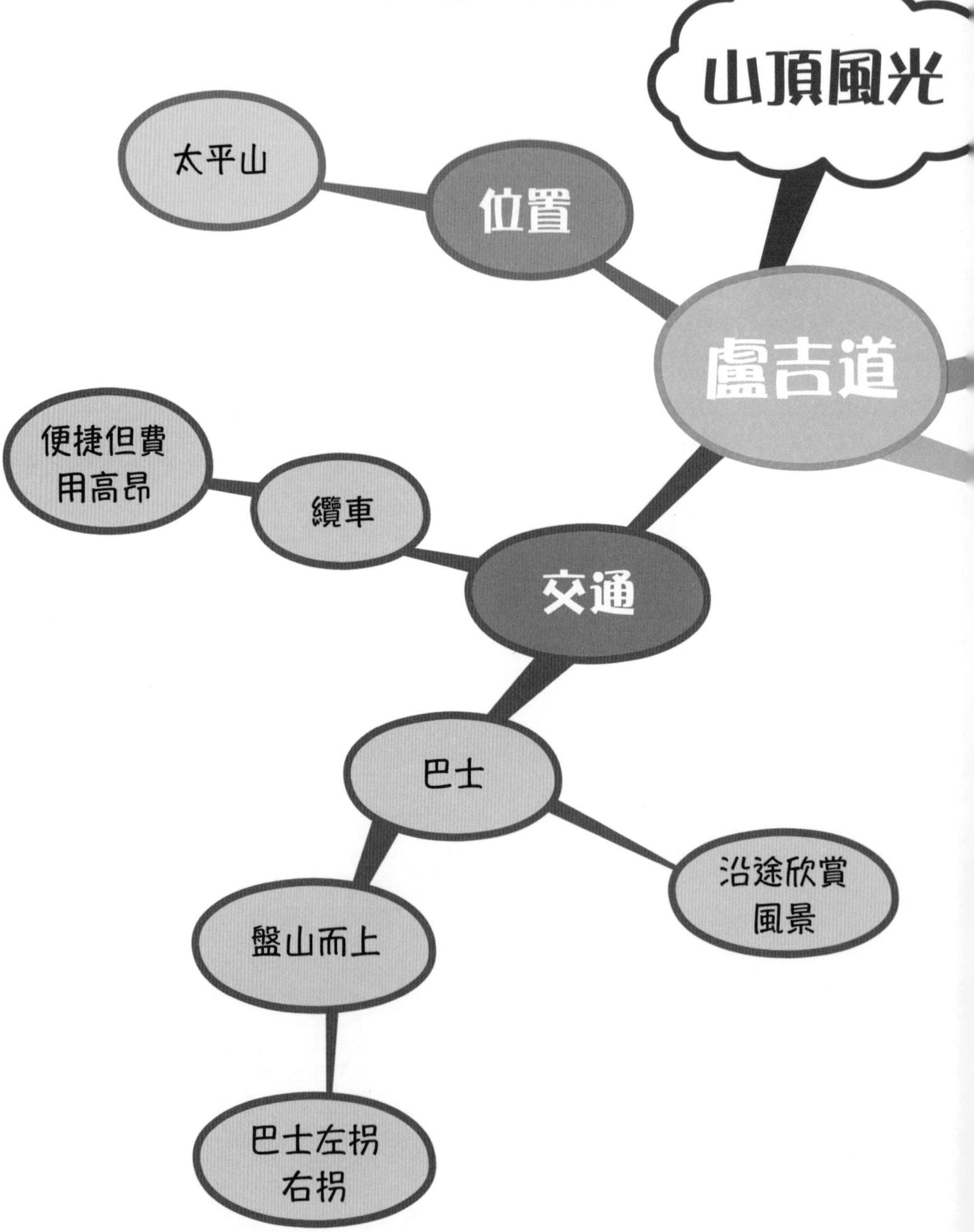

道路兩側茂盛
的樹木

山坡有水泥
加固

可以一直
望到觀塘

自然風光

九龍灣

俯瞰

歷史

維港渡輪

維港兩岸的風光
盡收眼底

建於1913年

對岸是
尖沙咀

紀念港督
盧吉

修建難度高，
要先在峭壁鑿
石立樁為橋柱

香港唯一
一條棧道

找出重點來

我們通過思維導圖來幫助聯想，但未必每一樣東西都需要放到文章中。你可以選取一些重點寫到文章裏。

如何到達山頂
選擇什麼交通工具？沿途有怎樣的風景？

風景的特點
向下俯瞰有哪些美景？有什麼獨特的自然、人文景觀？

歷史文化
有哪些歷史故事或歷史建築？

心情與感受
山頂風景給我怎樣的感覺？我還會再來嗎？

完成這些步驟，就可以開始寫文章了！

山頂風光

　　今天，我們一家人決定到山頂盧吉道遊覽。盧吉道位於太平山，我們可以坐山頂纜車或者搭車沿山路迂迴而上。因為山頂纜車的車費不便宜，所以我們一家人選擇了巴士。巴士沿着山路行駛，一路左拐右拐，終於抵達山頂。

　　盧吉道位於山頂凌霄閣旁，這裏是熱門的旅遊景點。入口處人山人海，男女老少，你擁我擠，真是寸步難行。於是我們便決定立刻向盧吉道前進。位處道路開端的盧吉道一號，便是山頂纜車有限公司辦事處，建於1926年，是一棟很有歷史的建築物。走着走着，我們距離凌霄閣越來越遠，嘈雜的人聲越來越飄渺，眼前的樹木則越來越茂密。在我的左手邊，是經過混凝土加固的山坡。混凝土的表面早已長滿青苔，令這段盧吉道綠意盎然。

　　我們在盧吉道上悠然漫步，放眼望去盡是各種青翠碧綠的植物，非常涼快。我們邊走邊看，突然，眼前的

景觀驟然一變，不再是山林樹蔭。整個維港兩岸的景色彷彿一幅畫卷在我眼前呈現。這邊的中環、對岸的尖沙咀，盡收眼底。向右望是九龍灣，我一直看到觀塘。向左望，對岸便  是九龍。無數渡輪船隻在海上行駛。兩岸建築物高低起伏，形如波浪翻滾。陸地上的波浪與海上的波浪對答呼應，有趣極了。這樣的景觀，我以前只在圖片上看過。像這樣從高而落，俯瞰維港景色，真是賞心樂事。

　　下山的路上，我從爸爸口中了解到，原來盧吉道建於1913與1934年間。盧吉是香港殖民地第十四任港督。當時，工人要先在峭壁鑿石立樁為橋柱，再在上面建橋鋪路。此路更是香港唯一一條棧道。盧吉道可算是一直在山頂見證着維港兩岸的發展，真是個充滿歷史的地方。

文章分析

運用襯托的手法

　　本文第一段簡單交代寫作背景，第二段便爽快入題。這段的景物描寫，首先是以熱鬧的凌霄閣去反襯盧吉道的寧靜。反襯可以突顯描寫對象的特色。先刻畫山頂的擠擁，然後「走着走着，我們距離凌霄閣越來越遠，嘈雜的人聲越來越飄渺，眼前的樹木則越來越茂密。」體現出盧吉道的清幽、寧靜，十分巧妙。

着力刻畫風景

　　接下來，作者主要描寫在盧吉道上，俯瞰維港兩岸時所看到的景色。這是盧吉道上最美的景色，應該詳寫。本文的寫法是由淺入深，逐層推進，由現實到想像。「整個維港兩岸的景色⋯⋯盡收眼底。」究竟是如何盡收眼底？作者先寫中環，再寫對岸的尖沙咀，最後寫左右兩邊極目所及的風景。更值得留意的是，文中運用了比喻修辭。「兩岸建築物高低起伏，形如波浪翻滾。陸地上的波浪與海上的波浪對答呼應，有趣極了。」這句點出陸地的風景和海上的風景互相呼應，寫來甚有心思，值得細味。

加入歷史背景

　　並不是所有風景都能讓我們運用這種手法。像盧吉道，碰巧是個充滿歷史的地方，我們處理這類題目不妨嘗試把眼前景物與歷史結合起來描寫。本文最後一段便是略述盧吉道的一段歷史，這樣寫來能讓人對這個地方有更深的認識，亦富趣味。

詞彙

形容山野自然的詞語：

樹影婆娑、重巒疊嶂、山勢連綿、懸崖峭壁、綠樹成蔭、綠意盎然、倚山傍水

描寫建築物的詞語：

華麗、雄偉、高樓林立、拔地而起、古色古香、鱗次櫛比、亭台樓閣、摩天大樓

形容休閒的詞語：

緩步、徐徐而行、流連忘返、閒情逸致、賞心悅目、悠然自得

題目 3 颱風來了

想—想

看到作文題目後，你可以從不同角度思考與颱風有關的問題，這有助激發你的想像力。

- 這天的風勢如何？
- 街上的人流多嗎？
- 有人因為颱風而受傷嗎？
- 有建築物因為颱風而損毀嗎？
- 有樹木因為颱風而倒塌嗎？
- 有什麼防風措施可以保障家居安全？
- 家居的供電系統穩定嗎？
- 颱風天你在哪裏？
- 颱風天你和誰在一起？
- 颱風天給你帶來了哪些思考？

現在，讓我們把聯想到的東西用思維導圖呈現吧！

思維導圖

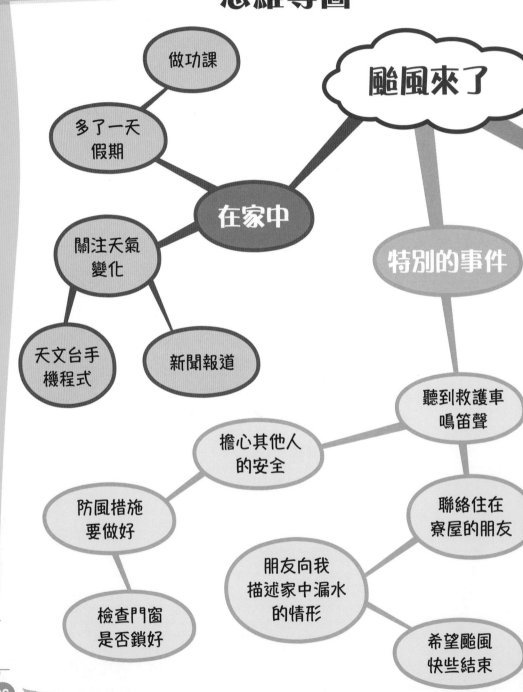

做功課

多了一天假期

在家中

颱風來了

關注天氣變化

特別的事件

天文台手機程式

新聞報道

聽到救護車鳴笛聲

擔心其他人的安全

聯絡住在寮屋的朋友

防風措施要做好

朋友向我描述家中漏水的情形

檢查門窗是否鎖好

希望颱風快些結束

窗外景象

車流也大大減少

街道空無一人

窗上貼了膠紙

屋苑

天色昏暗

傾盆大雨

公園裏

樹木倒塌

想起老師上課教過的成語「樹大招風」

步驟 3　　找出重點來

我們通過思維導圖來幫助聯想，但未必每一樣東西都需要放到文章中。你可以選取一些重點寫到文章裏。

人們的反應
颱風來時我在做什麼？其他人在做什麼？

窗外的情形
颱風過境時，窗外的景象如何？

特別的事件
有沒有突發事件，是否有人需要我的幫助？

我的思考
我對自然災害的反思，想想自己能做些什麼？

完成這些步驟，就可以開始寫文章了！

颱風來了

　　今天早晨，天文台宣布懸掛十號風球，我無端多了一天假。

　　望向窗外，平日熙來攘往的街道上空無一人。偶爾有一兩個人從對面大廈的門口冒險出來，可數秒之後，他們就屈服在狂風暴雨之下，狼狽地退回大廈裏頭。我的目光順勢望向大廈外牆，不少窗玻璃都被貼上了牛皮膠紙，看來人們早已有心理準備，做好防風措施，迎接這場風暴。

　　街道不遠處是公園。平日，總有人在樹下散步。老人家柱着拐杖，緩緩而過，不時舒展筋骨。媽媽們推着嬰兒車，和孩子一起呼吸清新空氣。當然也少不了狗主人和愛犬在公園裏你追我趕，歡樂嬉戲。但今天，他們都沒有在公園裏出現。不知道他們在家中如何打發時間呢？我正想得出神，「轟」的一聲巨響，把我從想像中拉回現實。原來是公園裏一棵大樹抵受不住風力，被攔腰折斷了，樹葉和枝條散落在雨中，水花飛濺。我腦海

裏立刻想起昨天中文老師所教的成語「樹大招風」，也真是有道理。難怪颱風之下，公園裏的小草並沒有被吹上半空，但公園中的大樹反而率先倒塌了。

我在家中舒舒服服地坐着，突然想起了同學小明。他住在山邊的寮屋，那只是一間脆弱的鐵皮屋。這時遠處突然響起了救護車的鳴笛聲，既尖銳又急速。我擔心小明，便連忙致電給他。過了好一會兒，小明才接通我的來電。他一拿起電話便說：「小冬，我們現在忙着將物品放到高處，家裏到處都在滲水。一會兒風勢減弱時，我們還要清理積水，暫時不能跟你聊了。」

掛斷電話我又回到了窗邊，聽着颱風呼嘯的聲音，心想：原來有些人面對颱風，是如此的憂愁。希望小明一家平安無事，我在心中為他祈禱。明天，我們再一起踢球。

文章分析

選定描寫對象

　　題為《颱風來了》，常見的角度是描寫自己在家中所見所感。颱風來襲時，除了特定的職業，如消防員、外賣員，人們多數都是留在家中。因此，描寫窗外景色，是不錯的選擇。文章第一段開門見山交代寫作背景。第二段便描寫颱風下的街景。街上空無一人、窗戶貼滿牛皮膠紙，這些都是颱風來襲時香港常見的景象。加入這些細節，可使文章更具畫面感。

善用聽覺描寫

　　作者描寫樹木倒塌時發出的巨響，屬於聽覺描寫。救護車的鳴笛聲亦是聽覺描寫，可見作者心思。作者先寫自己舒舒服服地坐在家，然後再透過鳴笛聯想到住在寮屋的同學。進而描寫出貧苦階層在颱風下的苦況，令文章更加深刻。這樣文章便不再是單純的寫景，在寫景之餘亦能帶出對其他人的同情，值得學習。

虛實相交

　　我們在描寫景物時，除了從感官描寫的角度去呈現，還可以虛實相交。虛，就是想像。作者先想像平日人來人往的公園，各種各樣的人都來公園玩樂散心。實，就是眼前實景。接著，再筆鋒一轉，透過樹木被颱風吹倒的巨響，將想像中的景色拉回眼前的現實景色，也順勢帶出「樹大招風」的道理。這樣的寫法，令人印象深刻。

詞彙

描寫風勢的詞語：

微風、狂風、颱風、龍捲風、清風送爽、北風呼嘯、風高浪急、風平浪靜

與颱風造成的後果有關的詞語：

塌樹、停電、水淹、火災、泥石流、山泥傾瀉、吹毀農作物、吹毀電線桿

描寫緊張心情的詞語：

焦慮、恐慌、忐忑不安、坐立難安、心煩意亂、心急如焚、驚魂未定

題目 4 河畔風景

想一想

看到作文題目後，你可以從不同角度思考與城門河相關的問題，這有助激發你的想像力。

- 描寫哪一條河的河畔風景？
- 河流很長，選段描寫還是全部描寫？
- 你到河畔做什麼？
- 河畔的人們在做些什麼？
- 河水質素如何？
- 河畔有什麼特別的建築嗎？
- 河畔有些什麼植物嗎？
- 不同時段的河畔有不同的人羣嗎？
- 不同時段的河畔景色是否有變化？
- 你會再到這個地方嗎？

現在，讓我們把聯想到的東西用思維導圖呈現吧！

思維導圖

河畔風景

流向吐露港

沙田

位置

清晨的城門河

聽覺

河水流淌的聲音

人羣活動的聲音

車輛行駛的聲音

拍照時的歡聲笑語

遊人閒談

單車的鈴聲

修路

一般從上午開始

人羣的活動

下棋

老人家居多

在河邊跑步的人

穿着運動服

視覺

兩岸的植物

河水的顏色

水質不堪

碧綠

水中的魚兒
悠然自得

找出重點來

我們通過思維導圖來幫助聯想，但未必每一樣東西都需要放到文章中。你可以選取一些重點寫到文章裏。

城門河的地理位置
城門河在哪裏？我為什麼到這裏來？

_____

城門河畔的自然風光
河邊有哪些植物？風景如何？

_____

城門河畔的人羣活動
人們在這裏做什麼，他們的樣子有什麼特點？

_____

我的感受
我喜歡這裏嗎？我的心情如何？

_____

完成這些步驟，就可以開始寫文章了！

河畔風景

快要到學界田徑比賽了，我決定多加練習。趁天氣不算太熱，我隨意吃了一點早餐，便來到沙田城門河畔練習跑步。

我倚着欄杆壓腿熱身。河水倒映着藍天白雲，緩緩地流動。但要說這是條河，不如說是明渠更為合適。整條河經過人工拉直工程，早就不是自然的河流。雖然政府對城門河進行了多次河水淨化，但微風吹來，我依然嗅到一絲半點的臭味。由此可見，城門河的水質是何其不堪。

我做完熱身運動，便開啟手錶的計時功能，開始跑步。早晨的城門河畔一點也不擠擁，下棋的人、修路

的人⋯⋯全部都未曾出現。偶爾有幾輛單車從身側的單車徑上疾駛而過，迎面而來的人都和我一樣沿着河岸跑步，有男有女，有老有少，絕大多數都是短衫短褲運動鞋。

城門河邊有些路段種滿樹木。每逢跑過樹蔭，太陽的熱度都會明顯下降。樹的影子灑在路上，像撐起了一把大傘，光是望着已經叫人涼快。我跑呀跑呀，連續經過了幾座橋，呼吸開始變得急促。汗水流過眼睛，眼前的景物一下子模糊了。整個世界就像被蓋上了一層薄紗，道路和樹木都看不真切，彷彿身在畫中世界。我連忙拉起衣襟，抹抹眼睛，整個世界又變得清晰了。

今天的練習終於完結了，河畔的人流也逐漸多了起來。有背着書包上學的學生，有搖搖晃晃學走路的小朋友，還有三五成羣在河邊拍照的年輕人。寧靜的河畔漸漸熱鬧起來，我的心情也受到感染，十分愉悅。我想，早晨的城門河真是個練跑步的好地方。

文章分析

善用步移法

　　本文以步移法推進。步移法就是人在遊覽時，一邊走一邊看，把有特色的景物描寫出來，景隨人動的寫作方法。本文將作者跑步過程中的所見所聞展開描寫，讓讀者跟隨作者的腳步，一起欣賞城門河畔的美景。步移法不但能讓各種景物合理出現，還讓文章條理清晰，主次分明。

動靜結合

　　並不是只有靜止不動的景色才是風景，移動的景物也可以是美麗的風景。本文除了處理靜止不動的風景，亦嘗試刻畫跑動中所見的風景。河畔的樹木、河道、橋，這些是靜態的景物。天上流動的雲朵、河水微微起伏的波紋，這些是動態的景色。動靜結合，使文章更加生動，令讀者好像置身於畫中。

情景交融

　　我們常說「景中有情」，寫景要帶着感情，欣賞風景時，我們亦要有所思考。值得留意的是，風景本身也會隨着我們的身體狀態而改變。例如，文中作者大汗淋漓時，眼前的風景就變得朦朦朧朧。又如作者因為跑至身體疲累，再美的風景也無心賞玩。而當作者跑完步心情十分放鬆時，便觀察到城門河畔更多的人。所以，景物也會隨着人們的心情而變化。

詞彙

與河水有關的詞語：

清澈、渾濁、乾涸、流水潺潺、涓涓細流、河道寬闊、水流急湍、清澈見底、百川匯海

描寫人羣活動的詞語：

下棋、跑步、踏單車、釣魚、拉筋、三五成羣、熙熙攘攘、熱火朝天

描寫聲音的詞語：

滴答、砰砰、轟隆、嘩啦啦、叮叮咚咚、劈里啪啦、嘻嘻哈哈

步驟 1

想一想

看到作文題目後，你可以從不同角度思考與山火有關的問題，這有助激發你的想像力。

- 你有見過山火嗎？
- 為什麼會發生山火？
- 什麼人負責撲滅山火？
- 什麼季節最常有山火？
- 山火會造成什麼問題？
- 山火為什麼容易迅速蔓延？
- 可以從視覺、嗅覺來描寫山火嗎？
- 要撲滅山火，有哪些方式？
- 可以從消防員的角度描寫山火嗎？
- 山火過後，土地山林會變成什麼模樣？

現在，讓我們把聯想的東西用思維導圖呈現吧！

思維導圖

山火發生的原因

一場山火

秋季乾燥

山火發生時我的情緒變化

燃燒的景象

好奇

一條火蛇

緊張

從山頂蔓延到山腳

敬佩

火蛇越變越胖

空氣中散發着焦臭

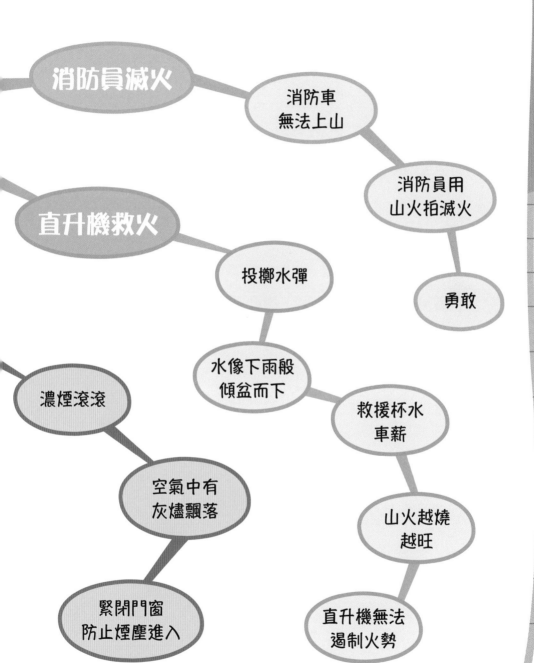

消防員滅火

消防車
無法上山

消防員用
山火拍滅火

直升機救火

投擲水彈

勇敢

濃煙滾滾

水像下雨般
傾盆而下

救援杯水
車薪

空氣中有
灰燼飄落

山火越燒
越旺

緊閉門窗
防止煙塵進入

直升機無法
遏制火勢

步驟 3　找出重點來

　　我們通過思維導圖來幫助聯想，但未必每一樣東西都需要放到文章中。你可以選取一些重點寫到文章裏。

如何發現山火
從什麼渠道得知發生了山火？我如何知道現場的情況？

山火燃燒時的景象
我看到了什麼景象？聽到什麼聲音？聞到什麼味道？

滅火的情形
滅火階段有什麼事讓我印象深刻？

感受與思考
我的心情如何？面對災害，我有什麼反思？

完成這些步驟，就可以開始寫文章了！

一場山火

今天是假期，我在家中做學校的功課。正當我聚精會神地解題時，突然聞到一陣焦臭味。那種臭味就像我煮食時，把食物燒焦的味道。我心想，難道是附近發生了火災？我連忙起身四下探查，嘗試找出原因。

我向外一望，原來是遠處的山頭起火了。平日蒼翠鬱綠的山頭，瞬間變了另一個樣。熊熊山火像一條全身通紅的長蛇，蜿蜒爬行。火從山腰開始，向着山頂和山腳兩處蔓延。我聞到的惡臭就是來自這場山火。火乘風勢，越燒越旺。煙塵黑灰隨風飄來，我連忙關掉窗子，以免灰燼闖進屋內。

再向窗外望，只見政府飛行服務隊的直升機正好飛到火災現場。直升機的底部裝有吊鈎，勾着水彈。直升機一邊飛行一邊向山火投擲水彈。水像下雨般，又像水幕般，傾盆而下，甚是好看。然而這條火蛇實在吃了太多花草樹木，變得肥大粗壯。直升機的水彈根本是杯水車薪，全然無法遏止火勢。直升機來回多次投擲水彈，可山火卻越燒越旺。

　　我打開新聞直播台，原來電視台正在直播這場山火。好幾架消防車已經停在山腳。但是山路崎嶇，消防車難以駛到山火現場救火。而且山上根本沒有消防栓，最近的消防栓遠在市區，再長的消防喉，也無法把水輸送到火災現場。這趟真的是遠水不能救近火了。只能靠消防員帶着山火拍一步步地推進。我想，這實在不是一件容易的事呀。山火現場這樣灼熱，冒着生命危險去撲滅山火的消防員，真是值得敬佩啊。

　　又過了幾個小時，火勢終於得到了控制，我的心也放回了肚子，雖然整座山在火災之後變得一片焦黑，但我相信，明年的春天，綠意定會重回山坡。

文章分析

決定寫作的視角

題為山火，本文的寫法是以家中遠望的視角，描寫所見、所嗅、所想。這並不是唯一的處理手法。我們亦可以消防員的視角去描寫，又或者是以被困火災現場的角度、途經火災現場的角度去處理。但這類型的處理，難度甚高，需要作者有很好的想像力。因為一般人甚少有機會近距離觀察山火。

找準切入點

在寫景方面，本文以嗅覺描寫入手，這個處理十分巧妙。作者距離山火很遠，未必會留意到山火。所以，作者最先留意到的是山火的焦臭味道；進而又將這種臭味形容為食物燒焦的味道，十分生活化，最終才循着味道發現了山火。更能體現出作者未見山火，先聞其臭，很值得讀者學習。

嘗試從多個角度去描寫

本文從多個角度描寫消防員如何撲滅山火。作者首先細緻地描寫了飛行服務隊以直升機投放水彈，這部分，作者是以旁觀者視角去描寫救援的過程，因為作者是從家中遠望救援。然後，作者又透過描寫新聞直播的鏡頭讓讀者如消防員般，置身於山火現場。這樣就能突破只能從家中遠望的局限，讓人以親歷者的角度去感受山火。從多種視角去描寫滅火的情形，這令文章的內容更加豐富，層次更多。

詞彙

與消防員有關的詞語：

靴、電鋸、頭盔、面罩、電筒、斧頭、消防喉、
氧氣筒、防火衣、防火手套

與滅火有關的詞語：

滅火器、航空滅火、掘防火溝、人工降雨、火拍
撲救、以火攻火

描寫山火危害的詞語：

灰塵、黑煙、燒毀林木、動物傷亡、全球暖化、
空氣污染、加劇哮喘、人命傷亡

題目 6 節日景象

步驟 1

想—想

看到作文題目後，你可以從不同角度思考與節日有關的問題，這有助激發你的想像力。

- 節日當天的天氣如何？
- 節日的街道在白天和夜晚有分別嗎？
- 人們會如何慶祝？
- 世界各地的習俗有什麼不同嗎？
- 人們會穿上特別的服飾嗎？
- 街道的布置和平日有什麼分別？
- 你在節日裏會做什麼？
- 香港的商場會有特別的布置嗎？
- 你有參與過節日的慶祝活動嗎？

現在，讓我們把聯想的東西用思維導圖呈現吧！

思維導圖

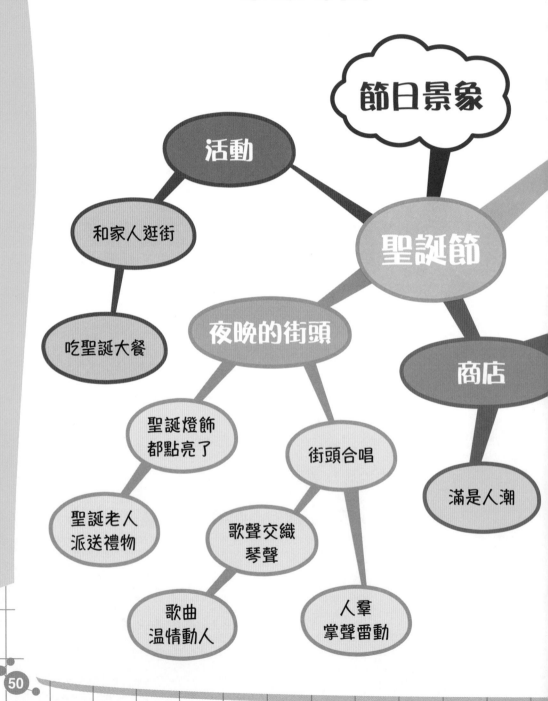

節日景象

活動

和家人逛街

吃聖誕大餐

聖誕節

夜晚的街頭

商店

聖誕燈飾都點亮了

街頭合唱

滿是人潮

聖誕老人派送禮物

歌聲交織琴聲

歌曲溫情動人

人羣掌聲雷動

街上的人羣

人們三五成羣一起逛街

工作人員仍要工作

穿着保暖衣物

臉上洋溢着快樂的神情

巨型聖誕樹

樹上裝飾着彩燈

商家的促銷活動

折扣很多

樹下堆滿了禮物

人們排隊留影

步驟 3　找出重點來

我們通過思維導圖來幫助聯想，但未必每一樣東西都需要放到文章中。你可以選取一些重點寫到文章裏。

節日的特點
節日有哪些習俗？中外的習俗有什麼不同嗎？

_____

節日的裝飾
裝飾品的特點是什麼？包含什麼文化傳統？

_____

節日的活動
有哪些活動？是家庭活動還是集體活動？

_____

節日的樂趣
你喜歡這個節日嗎？它給你帶來哪些樂趣？

_____

完成這些步驟，就可以開始寫文章了！

節日景象

　　今天是聖誕節，吃過晚飯後，我便和家人一起到街上走走。大街小巷都充滿了聖誕氣氛，許多大廈的外牆都掛滿了七彩繽紛的燈飾。白天，燈飾還沒有亮起。入夜後，街上的燈飾紛紛點亮，閃耀出璀璨的光。燈飾的款式多種多樣，有「聖誕快樂」字牌、馴鹿拉着雪橇圖案，或肥胖的聖誕老人在雪橇上大派禮物。觸目所及，各種各樣的燈飾閃閃發亮，五光十色，真是一片繁華景象。

　　我信步而行，街道上的行人，有像我這樣的一家大小出動，也有一羣朋友熱熱鬧鬧、嘻嘻哈哈地走過。人們都穿着厚厚的冬衣，戴着帽子、手套、頸巾。不少餐廳都以聖誕大餐作招徠，擺在餐廳門前的餐牌都用醒目的大字寫着「聖誕甜蜜套餐」、「聖誕家庭樂大餐」，但價格卻比平日提高了許多。食肆老闆們果然是生意人，懂得做生意。

走着走着，我們來到商場前面的一個廣場。廣場上，人頭湧湧，原來是一羣青年男女在報佳音。他們穿着白袍，戴着聖誕帽，每人手上都拿着一本應該是樂譜和歌詞的小冊子。這時他們正在唱着《普世歡騰》。我不由自主地停下腳步，認真聆聽。男聲女聲電子琴聲，交織融和，真是一首歡欣的聖詩。歌曲唱完，圍觀的羣眾掌聲雷動，熱鬧非常。

　　我們穿過人潮，走進商場。商場的布置也令人眼前一亮。只見一棵有四層樓那樣高的巨型聖誕樹，屹立在商場中庭。數盞大燈照射着聖誕樹，光彩奪目。樹上繞着一圈又一圈的燈飾。樹頂掛着一顆金光閃爍的星星。樹下則堆滿禮物，還有聖誕老人和途人合照。

　　聖誕節的香港熱鬧非凡，真是叫人目不暇給啊！

文章分析

注重條理

　　題為《節日景象》，本文重點放在描寫聖誕夜景。我們從文章中可看出，每一段只描寫一個場景。第一段是描寫聖誕燈飾，第二段描寫餐廳，第三段重點放在廣場上報佳音的人，最後一段則描寫商場的聖誕布置。這樣寫來，條理井然，亦能讓作者集中筆力每段刻畫一個場面，讓描寫更為深入。

感官描寫

　　本文運用了不同的感官描寫去刻畫聖誕夜景。描寫燈飾一段，運用了視覺描寫。作者着力刻畫五光十色的街燈。除了視覺，本文亦從溫度、體感去描寫風景。作者描寫「人們都穿着厚厚的冬衣，戴着帽子、手套、頸巾。」透過描寫各種冬衣，暗示當時的氣溫。另外又有聽覺描寫，即是報佳音那部分。這裏除了描寫唱歌的人，亦描寫音樂，最後再描寫觀眾掌聲雷動。全文善用不同感官，令節日景象更有層次感。

突出特色

　　世界上許多地方都會慶祝聖誕，但每個地方的習俗皆有所不同。例如聖誕美食，因為氣候不同、飲食習慣不同，各地都有不同類型的聖誕大餐。你也可以選擇描寫美國、芬蘭，甚至巴西的聖誕節，並不局限於香港。但無論你描寫哪一個地區的聖誕節，都要把握到當地的聖誕特色。如描寫香港的聖誕，則要將重點放在香港常見的聖誕布置上。

詞彙

與節日氣氛有關的詞語：

熱鬧、喜慶、歡度、其樂融融、歡聲笑語、喜氣洋洋、普天同慶、鑼鼓喧天

與節日裝飾有關的詞語：

燈籠、彩燈、彩帶、掛飾、窗貼、張燈結彩、燈火通明、七彩繽紛、五顏六色、火樹銀花

與節日美食有關的詞語：

品嘗、流口水、津津有味、食指大動、狼吞虎嚥、香氣四溢、美味佳餚、色香味俱全

步驟 1

想一想

看到作文題目後，你可以從不同角度思考與都市有關的問題，這有助激發你的想像力。

- 你打算寫哪一個都市？
- 不同的時間，都市的環境有什麼不同？
- 都市的街道是否十分擁擠？
- 人們出行會乘坐什麼交通工具？
- 都市人的步速如何？
- 市區的建築有什麼特點？
- 市區的交通情況如何？
- 商舖如何吸引顧客？
- 你會如何形容商舖的櫥窗？
- 在都市裏有什麼常見的商舖？

現在，讓我們把聯想的東西用思維導圖呈現吧！

思維導圖

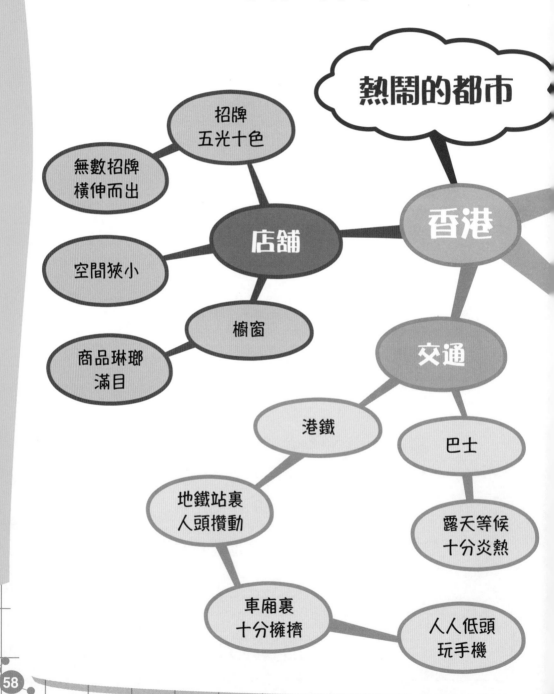

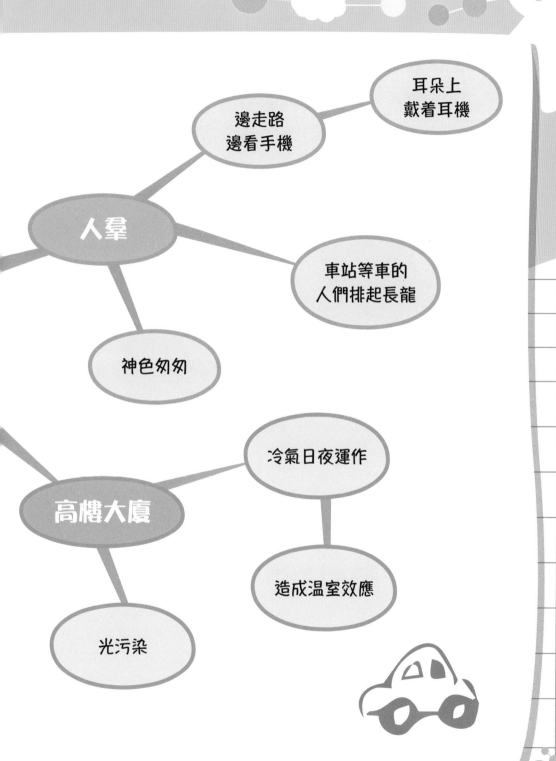

耳朵上
戴着耳機

邊走路
邊看手機

人羣

車站等車的
人們排起長龍

神色匆匆

冷氣日夜運作

高樓大廈

造成温室效應

光污染

步驟 3　找出重點來

我們通過思維導圖來幫助聯想，但未必每一樣東西都需要放到文章中。你可以選取一些重點寫到文章裏。

鬧市中的人羣
人們在做什麼？他們的神態如何？

_____

鬧市中的景象
街道上是否車水馬龍？有什麼特別之處？

_____

鬧市中的聲音
我聽到哪些聲音？是否很嘈雜？

_____

我的感覺
我有沒有覺得擁擠？想繼續呆在這種環境中嗎？

_____

完成這些步驟，就可以開始寫文章了！

熱鬧的都市

　　香港真是一個熱鬧又擠擁的都市。不單地面上人多車多，就連地底下也是人頭攢動。

　　今天，我打算到旺角波鞋街買鞋，於是我便到港鐵站坐地下鐵。車站裏、月台上，都是人。我等了兩班車，才好不容易擠入車廂。可車廂裏也是「人人人人人」，每個人都休想移動半步。列車高速前進，但我甚至不用抓着扶手，因為車廂內早已擠得水泄不通。人與人之間，互相頂着對方，根本沒有空間讓我失足跌倒。然而明明是這樣擠逼，乘客們還是能找到自己的個人空間去看手機。

列車終於來到了旺角站，車廂裏的人陸續離開。但人們可不是慢條斯理地走，而是像一百米賽跑般，又像賽馬出閘般，奔向對面月台，只為了能趕得及轉乘另一條線路的列車。其實，就算錯失了這班車，幾分鐘之後，也會再有下一班車。但這就是都市生活，每個人都爭分奪秒。而我則乘扶手電梯，向地面進發。

　　來到街上，又是另一番景象的擁擠。車子來來往往地響號，排出無數廢氣。高樓大廈林立，密密麻麻的冷氣機也不甘寂寞，爭相排出熱氣。旺角就像一個擁擠又炎熱的蒸籠。抬起頭看，無數招牌從大廈的外牆橫伸而出。書店、餐廳、電器店、運動用品店，每間店舖都盡量想辦法令自己的招牌更亮眼。每個招牌都是造型搶眼，光彩奪目。

　　旺角實在太熱、太多人了。我趕忙跑進附近的一家體育用品店。店外熱得像沙漠，店裏的冷氣卻可讓人瞬間冷卻，真是另外一個世界。無數球鞋陳列在架上，紅橙黃綠青藍紫，令人眼花繚亂。最後，我挑了一雙看起來非常耐穿的跑鞋，再次乘搭地下鐵回家。

文章分析

爽快入題

　　本文重點刻畫「熱鬧又擠擁的都市」。作者在開首第一句便已點明關鍵。我們在寫作時，要交代出中心句，這樣有兩個好處：首先，文章眉目清楚，讀者更容易理解全文。其次，作為作者，我們亦能提醒自己，時刻緊扣主題，不致離題。所謂「熱鬧又擁擠」，要如何刻畫呢？描寫港鐵車廂是好辦法。繁忙時間，香港的地下鐵裏真是水泄不通。「可車廂裏也是『人人人人人』」，這句寫法有其特別之處，重複寫下「人」這個字，這是嘗試形象化地描繪車廂裏人滿為患的狀況。

人也是風景的一部分

　　長年於都市生活的人，與長年於郊區生活的人，生活習慣有明顯不同。急促、爭分奪秒、手機不離手，這些都是都市人，尤其是香港人常見的特徵。乘客在擁逼的車廂裏依然要用手機，轉車時全力衝刺，這些都是城市的特別風景。作者運用比喻和誇張手法刻畫人羣，值得參考。

別出心裁

　　高大、密集的建築物是都市常見的景物，本文亦沒有忽略這方面的描寫。文章透過刻畫無數的冷氣機來暗示城市中的無數高樓。這樣處理，一來點出都市建築物密集，二來也描繪了都市人為了解決炎熱問題，將冷氣日開夜開，結果反而令室外的空氣更加炎熱的情況。最後，此文同樣運用了視覺描寫、聽覺描寫、觸覺描寫等方法，讀者亦可細心留意學習。

詞彙

形容擁擠的詞語：

擁堵、堵塞、一動不動、無處下腳、人山人海、摩肩接踵、人頭攢動、水泄不通

與環境污染有關的詞語：

煙霞、噪聲、尾氣、光污染、溫室效應、生活垃圾、工業污染、污水排放

與行人有關的詞語：

漫步、徘徊、閒逛、蹣跚、好整以暇、爭分奪秒、拔足狂奔、一個箭步

題目 8 從太空艙往外望

步驟 1

想—想

看到作文題目後，你可以從不同角度思考與太空有關的問題，這有助激發你的想像力。

- 誰會從太空艙往外望？
- 你有幻想過成為太空人嗎？
- 在教科書上，地球是怎樣的呢？
- 從太空望向地球有什麼感覺？
- 你在文中的身分是什麼呢？
- 在文中，你是飛回地球還是飛離地球？
- 在文中你為什麼會置身太空？
- 在文中，你身處的太空船是怎樣的？
- 在文中，你的心情如何？

現在，讓我們把聯想的東西用思維導圖呈現吧！

思維導圖

旅程很長

展開
新的生活

離地球較遠

期望

其他星球

從太空艙
往外望

宇宙

像廢墟一樣

黑暗中有着
耀眼的太陽光

不再適合
人類居住

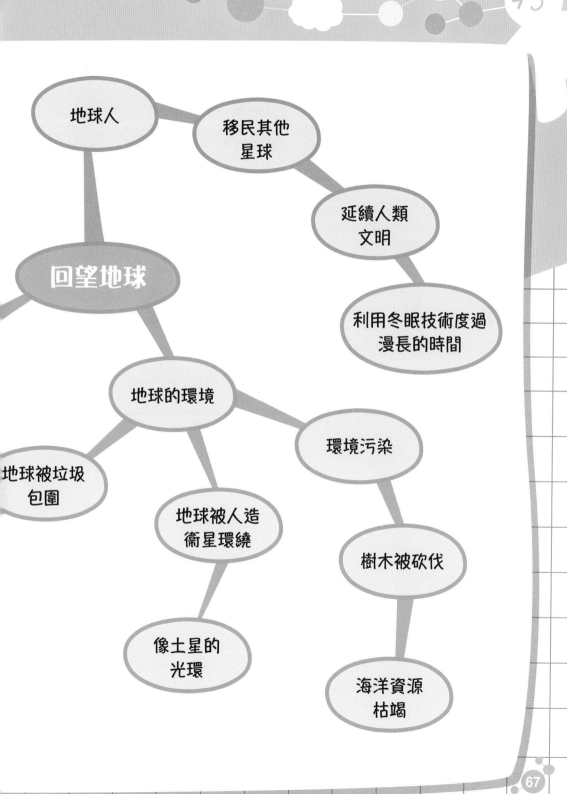

地球人

移民其他星球

延續人類文明

利用冬眠技術度過漫長的時間

回望地球

地球的環境

地球被垃圾包圍

地球被人造衞星環繞

環境污染

樹木被砍伐

像土星的光環

海洋資源枯竭

找出重點來

我們通過思維導圖來幫助聯想，但未必每一樣東西都需要放到文章中。你可以選取一些重點寫到文章裏。

去太空的目的
我為什麼要去太空？如何去？

_____

太空裏的景色
我在太空裏看到些什麼？

_____

地球的樣子
從太空回望地球，是什麼樣的？

_____

我的期待
身處太空，我對未來有什麼展望？

_____

完成這些步驟，就可以開始寫文章了！

從太空艙往外望

　　我望向窗外，天氣晴朗，萬里無雲，非常難得。我的視線完全沒有受到天氣干擾。今天真是好日子，適合飛向火星。

　　一切就緒，無需倒數，反正地球上已經再沒有人類。我拉下手柄，穿梭機開始在跑道上加速，轉瞬間便已飛離地面。太空船的監察鏡頭顯示，本來高聳入雲的摩天大廈越變越小，整個都市就像積木玩具那樣。然而，我根本無暇賞玩風景。我將推進器的馬力提升到極限，太空船開始擺脫地心吸力飛向宇宙。這時我的身體承受着無盡壓力。壓力把我擠得頭昏腦脹，眼前的視線快要變得漆黑一片，只剩下模糊的風景。

　　一會兒，壓力消失，我的視力也恢復了。太空船已經擺脫了重力，身處宇宙。我連忙解開安全帶，飛到窗邊。我真的是飛到窗邊，因為我已經不再受地心吸力束縛了。我從太空艙往外望，回望地球。我以為自己會看

見一個巨大的藍色星球，大片的海洋包圍着陸地，而雲層又不時遮蔽着海洋和陸地。事實並非如此。海洋已經枯竭得七七八八，僅餘的海水已被污染成紅色。地球再沒有白雲，只有黑雲。陸地上，綠色的森林已經所剩無幾，只剩下大片光禿禿的灰色。更加意料之外的，是無數太空垃圾圍繞着地球旋轉。太空船的殘骸、衞星的碎片、廢棄的太空站……密密麻麻，猶如蝗蟲般繞着地球不斷轉圈。它們就像土星的光環一樣。

　　我對着太空日誌說：「我是清道夫號船長，船上載着最後一百個地球人前往火星。這是由地球前往火星的最後一班太空船。所有乘客已進入冬眠程序，我將會在五分鐘後進入冬眠艙，解凍時間為二十年後。」這時，我朝太空艙外無盡的黑暗說：「宇宙，晚安了，我們明天在火星再見。」

文章分析

同一個題目，不同的寫法

　　這是一個非常有趣的題目，可以有無數個處理方式。你可以是完成外太空任務後飛回地球的太空人；你可以是肩負太空探索任務的太空人；你可以身處星球大戰中，指揮宇宙戰艦去保護地球。不同的身分望向太空艙外，即使是面對同樣的風景，也會有不同的心情。舉例說，正在回家的太空人相比起正在遠離家鄉的太空人，望到的同是地球，前者雀躍，後者憂心。因此「我」的身分結合不同風景、不同心情，千萬變化，非常有趣。

發揮想像力

　　這篇文章的寫作關鍵是想像力。本文想像自己是駕駛太空船的機長，帶領最後一批地球人前往火星。在寫景方面，一般印象裏，從外太空裏看地球，地球就是由海洋包圍着。陸地可以是灰色、綠色、白色。本文取勝之處在於刻畫了一個截然相反的地球。這個地球被嚴重污染，只有紅色的海洋圍繞着光禿禿的陸地。最能展現作者想像力的是，地球如今就像土星一樣擁有了一個龐大的光環，而這個光環卻是由各種太空垃圾構成的。此段想像力豐富，值得一再細讀。

呼應主題

　　最後，本文由始至終，亦不時呼應望向太空艙外的題目要求。譬如在首段，作者便說窗外萬里無雲。在文章中段，便說自己無暇賞玩積木城市。在最後階段，文中的「我」則望向漆黑的宇宙，向宇宙說晚安。凡此種種，皆意在回應題旨，亦可見作者的心思。

詞彙

與太空有關的詞語：

行星、恆星、隕石、黑洞、超新星、穿梭機、
太空垃圾、人造衞星

與駕駛有關的詞語：

拉、推、油門、轉向、煞車、方向盤、安全帶、
提升馬力、飛行平穩

與天文現象有關的詞語：

日蝕、月蝕、流星、流星雨、行星連珠、超級
月亮、哈雷彗星

現在由你嘗試利用思維導圖寫作了！請跟着以下步驟試試看。

練習題目 新年街景

步驟 1：想一想

看到作文題目後，你可以從不同角度思考與新年有關的問題，這有助激發你的想像力。

- 新年的街道是怎樣的呢？
- 我們會在哪裏貼揮春？
- 人們在新年會做什麼？
- 新年時，店舖會開門嗎？
- 新年時，商場會有特別的布置嗎？
- 人們的衣着和平日一樣嗎？
- 香港的新年氣溫如何？
- 人們在新年會吃什麼食物？
- 你參加過新年的慶祝活動嗎？

現在請根據聯想到的東西完成下頁的思維導圖，幫助思考。思維導圖可按需要不斷延伸，你可以另外用紙書寫。

步驟 2：思維導圖

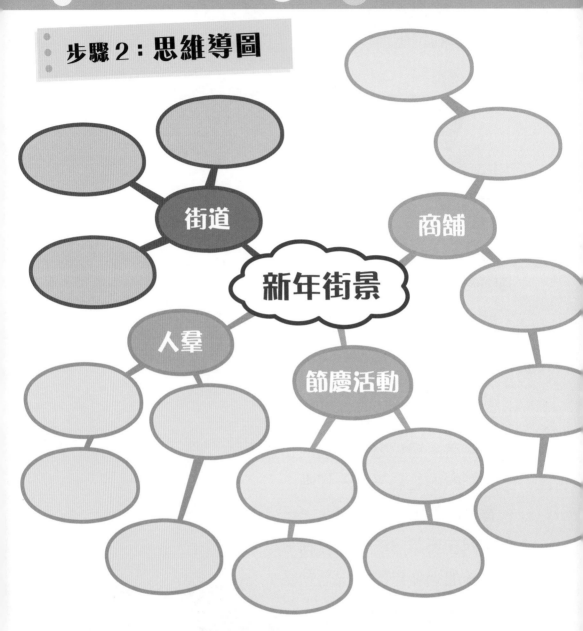

街道

商舖

新年街景

人羣

節慶活動

步驟 3：找出重點來

請你從思維導圖中選取一些重點寫到文章裏，快取出紙張動筆寫寫看吧！

第二部分

寫事的文章要怎樣寫？

寫事的文章

寫事的文章又叫記敍文，是我們最常見到的作文題目，通常寫的都是我們日常生活中經歷的事件，例如《一次考試》、《陸運會》、《和家人去旅行》、《新年的一天》等，不過有些題目也有可能是我們尚未經歷的，例如《一次失敗的經歷》、《一次爭吵》、《一場誤會》等。

記敍事件

無論題目是我們曾經有過的經歷還是暫時未有過的體驗，要將事件敍述得有條有理，就要掌握記敍的技巧。我們可以按事情的起因、經過、結果三個階段去作文。例如，寫一次表演的經歷。先說明表演的原因，再詳細記錄表演的過程，最後，交代結果。這樣的文章有頭有尾，條理清晰。

我們也要在作文中加入時間、地點、人物三大要素。例如，表演什麼時候開始、表演在哪裏舉行、有誰參加這次的表演等。這樣可以令我們的作文內容更豐富，吸引讀者。

題目 ① 一場精彩的比賽

步驟 1

想一想

看到作文題目後，你可以從不同角度思考與比賽有關的問題，這有助激發你的想像力。

- 這是一場什麼級別的賽事？
- 比賽在什麼地方舉行？
- 比賽在何時舉行？
- 這場賽事與你有什麼關係？
- 你是觀眾還是選手？
- 這場賽事使用什麼戰術？
- 比賽過程緊張嗎？
- 比賽中可有人犯規？
- 比賽裁判判罰公平嗎？
- 比賽結果如何？

現在，讓我們把聯想的東西用思維導圖呈現吧！

思維導圖

一場精彩
的比賽

香城足球場

搭旅遊巴士
前往

比賽地點

足球比賽

我方戰術

十二碼決勝

防守

下半場

上半場
壓迫式防守

拖延戰術

退守後場

防線設於
中前場

逼迫對方重
新組織攻勢

上屆冠軍

法國國際
學校

對手的情況

外國球員

身形高大

學界賽事

比賽規格

一路過關斬將

難得挺進決賽

整場比賽上下
半場，兩隊
無得分

後衞也要攻門

第一次有機會
奪冠

足球是團隊運動

步驟 3　找出重點來

　　我們通過思維導圖來幫助聯想，但未必每一樣東西都需要放到文章中。你可以選取一些重點寫到文章裏。

確定比賽的內容
我想寫哪一場比賽？

_____

比賽有誰參加
是個人比賽，還是團體比賽？參賽者有哪些人？

_____

比賽的過程
有什麼特別的地方？為了獲勝我做了哪些努力？

_____

結果與感悟
結果是否如我所想？我領悟了什麼道理？

_____

完成這些步驟，就可以開始寫文章了！

一場精彩的比賽

今天是我期待已久的學界足球比賽決賽。我們的校隊靠着永不放棄的精神和難以置信的好運，一路過關斬將，才走到這一步。只要拿下這場比賽，球隊就能創造歷史，贏得創校以來第一個學界冠軍。

早上十時，體育老師黃大力就帶着我們坐旅遊巴士出發，前往香城足球場。十時半，我們在場邊做熱身運動，壓腿拉筋。十時四十五分，黃老師再一次向我們交代戰術。「對手是上屆冠軍，法國國際學校。他們的球員都是外國人，身形高大。我們要一直死守，一直拖到互射十二碼。我們這幾個月來天天練習十二碼，為了什麼？用十二碼和他們分勝負！」

十一時，比賽開始。對手果然採取全攻型戰術，我們採取壓迫式防守戰術，全隊十一人每個人都參與防守。我方將防線設於中前場，雖然要消耗更多的體力去跑動，但對手也無法輕鬆組織進攻。黃老師真是料事如神，對手大部分攻勢都是戴智慧·仙丹策動。每逢仙丹拿球，我方隊友必定上前夾擊防守。在嚴密防守下，仙丹根本無法組織有威脅的攻勢。我們成功捱過了上半場。

　　下半場，黃老師要求全隊退守後場，我們十一人全部龜縮於後場。我方雖然不攻門，但防線要做到滴水不漏。每當成功搶截足球，我們立即大腳射向前場解圍。對手只能不斷地回撤撿球，再重新組織攻勢。當對手不向我們進攻，我們就一直在後場橫傳，拖延時間。終於，上下半場兩隊互無紀錄，十二碼大戰開始了。

　　我是球隊的後衞，以往甚少有攻門的機會。我站在龍門前，發現龍門大得誇張，左上角、右上角、左下角、右下角，地波、半腰波、高波，要將球攻向哪裏？實在太多選擇了。我突然明白：足球無關個人英雄主義，足球是團隊運動，勝負關鍵在於戰術較量！無論結果如何，到目前為止，我們的戰術都已經成功了。

文章分析

文章主次分明

　　題為《一場精彩的比賽》，所以作者首先點明這場比賽是足球比賽，再簡略交代球賽的基本資料，如舉行時間、舉行地點等等。作者亦點明這是他所屬學校的賽事，說明比賽對作者有重要意義。敘事文章講求清楚地交代六要素：時間、地點、人物、起因、經過、結果。其中，時、地、人三要素不宜作文章重心，否則便容易寫成流水帳。而比賽的起因、經過和結果才是文章的重點，應多花筆墨去記述。

詳略得宜

　　我們在寫作的時候，要懂得取捨。文中交通運輸、熱身運動，簡單交代，呼應主題即可。相對而言領隊黃老師的訓話則應該詳寫。領隊是足球隊的領袖，球員要準確執行領隊的戰術才有機會勝出。而且，黃老師的話呼應整場賽事的走向，奠定了文章的基調。其次，比賽過程也需要詳寫。防守沒有賞心悅目的盤扭，但卻成功令作者的球隊以弱勝強，所以作者選擇了詳寫球隊如何攔截、破壞進攻、拖延時間。

不寫之寫

　　最後，整場比賽的節奏，基本上都在黃老師的估計之中，就連十二碼他也預先叫球員練習好。因此，作者不寫互射十二碼的過程，反而更能令讀者感受到勝負已定，這是不寫之寫。而且一般人對足球的理解都是攻門入球，但作者在這場賽事中領略到防守的重要性，這是全文的主旨，也顯示了作者對足球的理解已經更上一層樓。

詞彙

與足球技術有關的詞語：

盤扭、頭鎚、射門、倒掛、長傳、假動作、推左
走右、窩利抽射、施丹轉身

與比賽氣氛有關的詞語：

喜悅、激動、緊張、揑一把汗、歡呼雀躍、精彩
紛呈、熱熱鬧鬧、掌聲雷動

與比賽心理有關的詞語：

氣餒、堅持、咬緊牙關、意志消沉、心灰意冷、
永不言棄、重整旗鼓、大意輕敵、胸有成竹

題目 ② 到圖書館去

步驟 1

想一想

看到作文題目後，你可以從不同角度思考與圖書館有關的問題，這有助激發你的想像力。

- 你喜歡看書嗎？
- 你會經常去圖書館借書嗎？
- 圖書館除了借閱圖書，還有什麼服務？
- 圖書館的環境如何？
- 如何在圖書館搜尋你需要的書？
- 在圖書館有什麼特別的規矩要遵守嗎？
- 圖書館有什麼類型的書籍供人借閱？
- 逾期交還館藏會有什麼處罰？
- 每個人在公共圖書館最多可以借用多少項館藏？

現在，讓我們把聯想的東西用思維導圖呈現吧！

思維導圖

館藏豐富

在圖書館
的經歷

到圖書館去

隨意逛逛

環境舒適

發現喜歡的
漫畫

冷氣很足

閱讀
《水怪淹土》

發現畫冊和
展品圖冊

座椅舒服

不知不覺看
了一個小時

失望

去圖書館
之前的想法

覺得圖書館
很悶

我的感受

想回家看電視

圖書館是個
有趣的地方

媽媽鼓勵我
發掘其中的
樂趣

每次只能借
八項館藏

還想要再來
圖書館借書

找出重點來

我們通過思維導圖來幫助聯想，但未必每一樣東西都需要放到文章中。你可以選取一些重點寫到文章裏。

去圖書館的目的
誰決定要去圖書館？為什麼要去？

去之前的心理活動
我喜歡圖書館嗎？比起圖書館我更喜歡去哪裏？

在圖書館裏的經歷
我在圖書館做了哪些事？有沒有印象深刻的事情發生？

去圖書館後的心理活動
去圖書館後，我的想法有什麼變化？

完成這些步驟，就可以開始寫文章了！

到圖書館去

今天，媽媽說要帶我到一個好玩又益智的地方。我實在好奇極了，是溜冰場還是動物園呢？我要穿上最心愛的紐約獵人隊球衣，這樣拍照才夠威風。收拾整齊，我們便出發了。

然而，我們的目的地，竟然是圖書館。大好的星期天，難得我不用上學，卻要到圖書館看書？難道星期一至五還讀不夠嗎？我跟媽媽說：「我們走吧，我寧願待在家裏看連續劇。」媽媽說：「別擔心，一定有一本書適合你的。」

我第一次來到圖書館，原來這裏的環境十分舒適。偌大的空間，排滿書架，還有沙發讓人讀書休息。冷氣如此涼快，我不由驚訝。反正我也不知道有什麼書好看，便隨意遊逛。食譜、財經、旅遊指南……我全部都沒有興趣。突然，我發現了一列漫畫。原來圖書館也有漫畫供人借閱，而且還是經典漫畫《水怪淹土》。我趕

緊從書架上取下來閱讀，這真是如獲至寶呀。

然後，我發現圖書館還有畫冊和博物館展覽的展品圖冊。像《神禽異獸》這本書，就是由香港藝術館出版的展覽圖冊。該次展覽名為《神禽異獸》，展品由大英博物館借出，有埃及的獅身人面像飾物，有希臘的蛇髮女美杜莎石雕，還有亞述鷹頭神的石板畫。這個展覽早已在十多年前結束，如今只能從圖冊上欣賞展品的風采。這真是不可多得的好書，我簡直愛不釋手。

不知不覺，我在圖書館已經看了一小時書。媽媽說得對，圖書館真是個有趣的地方。可惜，一個人最多只能借閱八項館藏，下個星期我還要到圖書館尋寶。

文章分析

欲揚先抑

　　本文題為《到圖書館去》，文章首先交代作者到圖書館的原因。由於作者一直誤會自己是去動物園、溜冰場等地方玩樂，當發現自己的目的地是圖書館時，大失所望，這是「抑」。孩子認為是好去處的地方，父母未必認同，反之亦然。失望之情雖然是一種負面的情緒，但在文中起到了襯托的作用，放大了後文作者對圖書館改觀時的驚喜，這是「揚」。這種手法令人印象深刻。

暗藏伏筆

　　文章起始描寫作者剛剛到達圖書館時十分失望，媽媽卻説「別擔心，一定有一本書適合你的。」此處媽媽的話就是為下文情節埋下伏筆。而文章的尾段，作者又一次提到了媽媽的話，在這裏作者認同了媽媽所説，承認圖書館十分有趣。呼應了前文的伏筆，使文章結構更加嚴密，讀之有合情合理的感覺。伏筆的設計巧妙，為整篇文章添彩。

細緻刻畫館藏

　　文中詳細描寫了畫冊和展品圖冊這兩類館藏。雖然這兩類書籍都不是以文字為主，但都很具吸引力。畫冊能讓人欣賞美麗的圖畫，展品圖冊則可以讓人重溫精彩的展覽。很好地證明了圖書館有各種各樣有趣的書籍，每個人都能找到自己喜歡的書。文章至此，作者對圖書館已經完全改觀，下星期還想再來圖書館讀書借書，令人信服。

詞彙

與圖書館有關的詞語：

自修室、休息室、還書箱、自助借閱機、除菌消毒機、多用途會議室、特殊館藏室

描寫圖書館環境的詞語：

安靜、有序、鴉雀無聲、人來人往、汗牛充棟、整整齊齊、休閒舒適、陳列眾多、卷帙浩繁

與借閱有關的詞語：

購書、借書、還書、查詢、處理投訴、尋找失書、點算館藏、處理罰款

題目 ③ 電影初體驗

步驟 1

想一想

看到作文題目後，你可以從不同角度思考與看電影有關的問題，這有助激發你的想像力。

- 你喜歡看電影嗎？
- 你一般在哪裏看電影？
- 你最喜歡哪一齣電影？
- 在電影院看電影和在家中看電影不同嗎？
- 你有試過一邊看電影一邊吃爆谷嗎？
- 電影院的音響效果如何？
- 電影院的座椅是否讓人坐得特別舒服？
- 你看電影前會看簡介嗎？
- 你看電影前會參考影評嗎？

現在，讓我們把聯想的東西用思維導圖呈現吧！

思維導圖

座椅舒適

音響強勁

電影院的環境

冷氣充足

電影初體驗

在電影院看電影的感受

電影畫面十分震撼

早場人少

電影情節感人

片頭有廣告令人不耐煩

哥哥也默默地流淚

感謝哥哥

有其他電影的預告片

在電影院看電影
有更多的視聽享受

下次還想再來電影院

想法轉變

戰爭片也十分感人

原本的印象

喜歡在家
看電影

喜歡看
情景喜劇

認為電影院
人太多

步驟 3　找出重點來

　　我們通過思維導圖來幫助聯想，但未必每一樣東西都需要放到文章中。你可以選取一些重點寫到文章裏。

看電影的起因
什麼時候去看電影？看什麼類型的電影？

_____

看電影的過程
和誰一起去看電影？電影院有什麼規矩要遵守？

_____

電影的內容
電影的質素如何？觀眾滿意嗎？

_____

我的心情和體會
我喜歡看電影嗎？我有了哪些思考？

_____

完成這些步驟，就可以開始寫文章了！

電影初體驗

　　我從來沒有到過電影院看電影。我喜歡在電腦追看連續劇，我最喜歡看輕鬆歡樂的情景喜劇。但今天是我的生日，哥哥決定請我到電影院看電影。哥哥一番好意，我們就決定去看《閃電小隊勇救布朗小兄弟》。

　　我們選擇了早場，我和哥哥坐在前排中央位置，正對銀幕，視角正好。我們剛剛坐好，燈光便開始轉暗。原來電影開演前還有廣告時段，我看到了不同的電影預告片段。好不容易全部捱過，電影終於真正開始了。

　　這齣電影是戰爭片，畫面宏大精彩，常常有大型轟炸機飛過，引擎聲隆隆作響。這時我才發現，在電影院裏看電影，是這麼震撼。巨大的銀幕令無數飛機就像在眼前飛過，軍隊把炸彈從高空投下。爆炸的巨響，震耳欲聾，就像置身於現場。我抽空望了哥哥一眼，只見他眼泛淚光。電影中的戰爭場面如此震撼，死傷無數，難怪他如此傷心了。

這齣電影講述布朗五兄弟，其中四個人都戰死了，只有年紀最小的小布朗生還。於是國防部決定派出閃電小隊把小布朗從戰場撤走。他們一路上過關斬將，趕赴前線，終於和小布朗相遇。但小布朗不肯拋下戰友，拒絕回國，閃電小隊決定和他並肩作戰。最後他們擊退敵軍，將小布朗護送回國。我的心情也隨着電影情節起起伏伏，和故事中的人物同哭同笑。

　　我從來沒有想過戰爭片，也可以這麼感人。戰爭片和電影院的音響、大銀幕真是配合得天衣無縫，讓人完全沉迷其中。感謝哥哥請我看電影，這真是一個愉快的生日。

文章分析

如實記錄

因本文題目為《電影初體驗》，作者在敘述的過程中着重體現了「初」這個字。文中第二段主要描寫兄妹二人座位正對銀幕，感覺良好。另外，電影院在播放電影前，常常有廣告時段，令人覺得難耐。作者既有描寫好處，亦有壞處，這是忠實記錄初次在電影院裏看電影的情況，這樣就能令文章所記述的事情更貼近現實。

融匯貫通感官描寫

接下來，全文便從各個方面去描寫這次到電影院看電影的有趣之處。例如第三段便從音響方面，讚賞電影院音效極佳，出色的音響讓人恍如置身其中，這是聽覺描寫。兄妹二人看的是戰鬥片，巨大的銀幕令戰爭的效果更為逼真、出色，這是視覺描寫。作者嘗試利用多種感官去刻畫「看電影」這件事，亦是值得我們學習的寫作手法。

交代電影情節

文章簡單介紹了這齣電影的劇情，既符合「看電影」的主題，亦能讓讀者有親歷其境的感覺。同時，因電影情節感人，哥哥看到流淚，「我」也對戰爭片感到意外，與前文只愛看情景喜劇形成對比，順理成章帶出了作者對「到電影院看電影」一事的改觀，合情合理，刻畫自然。

詞彙

與電影有關的詞語：

演員、導演、編劇、監製、攝影師、配音員、紀錄片、懸疑電影

形容精彩的詞語：

目瞪口呆、引人入勝、扣人心弦、出神入化、奪人眼目

與電影院環境有關的詞語：

嘈吵、安靜、昏暗、漆黑一片、空無一人、震耳欲聾

步驟 1

想一想

看到作文題目後，你可以從不同角度思考與看牙醫有關的問題，這有助激發你的想像力。

- 這是一次定期檢查嗎？
- 你喜歡吃甜食嗎？
- 你有試過蛀牙嗎？
- 你害怕看牙醫嗎？
- 你有早晚刷牙的習慣嗎？
- 你有用牙線清理牙齒嗎？
- 牙醫診所的環境怎樣？
- 牙醫的外貌怎樣？
- 牙醫有給你任何保護牙齒的建議嗎？
- 看牙醫時你的心情如何？

現在，讓我們把聯想的東西用思維導圖呈現吧！

思維導圖

治療時緊張

結束後
如釋重負

我的心情

看牙醫

檢查

治療過程

洗牙

牙痛的原因

補牙

喜歡吃甜食

糖果、朱古力
來者不拒

各種口味
的雪糕也愛不
釋手

清洗口腔

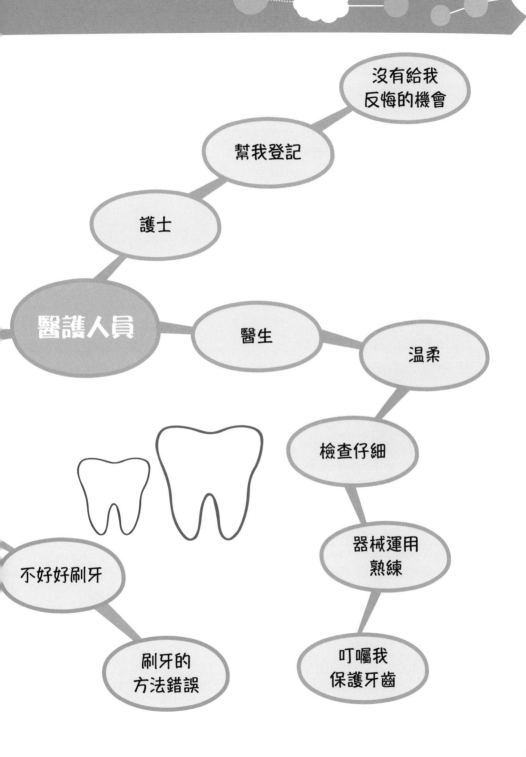

沒有給我
反悔的機會

幫我登記

護士

醫護人員

醫生

溫柔

檢查仔細

器械運用
熟練

不好好刷牙

刷牙的
方法錯誤

叮囑我
保護牙齒

我們通過思維導圖來幫助聯想，但未必每一樣東西都需要放到文章中。你可以選取一些重點寫到文章裏。

看牙醫的起因

因為什麼原因要去看牙醫？

_____

看牙醫的經過

誰陪我去看牙醫？醫生嚴肅還是溫柔？

_____

醫生的叮囑

醫生對我說了什麼？是否有給我開藥？

_____

我的心情

看牙醫前和看牙醫後，我的心情有什麼不同？

_____

完成這些步驟，就可以開始寫文章了！

看牙醫

我最喜歡吃糖果、朱古力。我還十分愛吃甜品，無論是中式的桂花糕、泰式的芒果黑糯米、西式的心太軟、日式羊羹，我都來者不拒。大熱天時，各式口味的雪糕更是少不了。

然後，我牙痛了，而且痛得要命。我一直非常害怕看牙醫，每次想到要讓牙醫洗牙，我就覺得非常恐怖。看牙醫不止是一齣恐怖片，更是災難片。但我實在無法忍受這種痛楚，只好鼓起勇氣，向牙醫求助。

診所裏並沒有太多病人。護士沒有給我時間反悔，

很快便幫我做好了登記。轉眼之間，我已經坐上了特製的椅子。牙醫戴着口罩，只露出一雙眼睛，溫柔地說：「小朋友，不用怕，現在我替你檢查牙齒。」

我急忙閉上眼睛，盡力把嘴巴張到最大。過了一會，或者過了很久，我不知道，因為我實在太害怕了，我已經無法估算時間。牙醫說：「你有三顆蛀牙。現在我會幫你洗牙、補牙。幸好問題不算嚴重，不用剝牙。」

惡夢開始了。各種機械運轉的聲音在我口中此起彼落。我緊緊閉上眼睛，但眼睛閉得越緊，那些機器的聲響就越清晰。我實在害怕極了，緊張得拚命握緊拳頭。我只能在心裏祈求，一切快點完結。

最後，所有機器的聲音都消失了。我睜開眼睛，燈光非常刺眼。這時牙醫讓我漱口，我吐出來的水混和着血絲。我感覺牙齒不再痛了，連忙對牙醫說聲謝謝，不等牙醫叮囑我保護牙齒，就從椅子上連滾帶爬地逃走。

從此以後，我再也不敢毫無節制地吃甜品了。

展開合理的聯想

　　文中作者懼怕看牙醫，但寫作時並非簡單的描述害怕之情，而是將對看牙醫的恐懼之情聯想成恐怖片和災難片，逐層遞進去抒發感情。除了以電影作類比，作者亦將看牙醫的恐怖比喻為惡夢。出色的聯想能力，可以令文章更有新意，顯示出作者腦洞大開，極具想像力。

找準切入點

　　除了聯想之外，作者為了描寫看牙醫時的恐懼心理，巧妙地從聽覺的角度切入。作者先寫自己緊閉眼睛，不敢看牙醫一眼。但這並沒有降低作者的恐懼，因為各種儀器運作的聲音，更為可怕。而且因為作者閉上了眼睛，反而令聽覺變得更敏銳，各種機械的聲音變得更清楚。聽覺放大了緊張的情緒，令文章節奏更加緊湊，牽動人心。

善於總結感悟

　　本文重點描寫作者看牙醫的恐懼和接受治療時的辛苦。例如，令人膽戰心驚的器械聲、漱口後吐出血絲等。最後作者更是描寫自己「從椅子上連滾帶爬地逃走」，這些畫面都給讀者留下了深刻的印象。而文章最後作者領悟到──不能再毫無節制地吃甜食。以感悟來收尾，為「看牙醫」這件事畫上圓滿的句號，這種收尾，在記敘文中亦算是中規中矩，穩妥的做法。

詞彙

與看病有關的詞語：

治療、手術、打針、吃藥、預約、診所、麻醉、
公立醫院、私家醫院

描寫看醫生時心情的詞語：

害怕、擔心、逃避、鼓起勇氣、苦不堪言、如釋
重負、鬆一口氣、悔不當初

牙醫工具：

棉花、口罩、電筒、吹氣槍、探牙棒、小鏡子、
手術剪、百搭鉗子、牙科壓舌板

題目 5 搬家記

想—想

看到作文題目後，你可以從不同角度思考與搬家有關的問題，這有助激發你的想像力。

- 你有試過搬家嗎？
- 為什麼要搬家？
- 搬家需要什麼工具？
- 搬家的過程會否非常辛苦？
- 一家人能夠自己搬家嗎？
- 搬家公司會提供哪些搬運服務？
- 搬家需要多長時間準備？
- 搬家時最常發生什麼意外？
- 不再需要的家具可以如何處理？

現在，讓我們把聯想的東西用思維導圖呈現吧！

思維導圖

方便媽媽上班

期待新生活的開始

搬家原因

我的心情

搬家記

搬家前

媽媽

不捨得丟掉書櫃裏的書

家庭成員分工合作

爸爸

花了很多時間選書

租下迷你倉放書

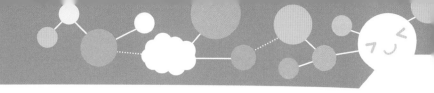

由搬家公司
運送物品

很重

物品用紙箱
打包好

搬家當天

大大小小
十幾個紙箱

我

把玩具送給
表弟

我已經長大了，
不需要這些
玩具了

沒時間
享受音樂

刻錄唱片

把唱片
送給別人

步驟 3　找出重點來

　　我們通過思維導圖來幫助聯想，但未必每一樣東西都需要放到文章中。你可以選取一些重點寫到文章裏。

搬家的原因
為什麼要搬家？搬去哪裏？

___

搬家的過程
誰來負責整理物品？過程是否順利？

___

搬家遇到的難題
哪個環節讓我覺得最辛苦？最終有沒有順利完成？

___

我的感受
這次搬家我有什麼感受？對未來有什麼期望？

___

完成這些步驟，就可以開始寫文章了！

搬家記

　　我們一家人在這間屋住了十年，我從來沒有想過有一天我們會搬家。但媽媽最近找到了新工作，爸爸為免讓媽媽每天上班都要舟車勞頓，就在港島租了一間較小的房子。搬家事大，我們一家人決定要用一個月整理收納，順便丟掉沒用的物品。

　　爸爸平日最喜歡聽音樂。多年來，他買了無數的唱片。然而爸爸工作非常忙碌，連睡眠時間也只是勉強足夠，根本沒有多餘時間聽音樂。於是他將唱片全部燒錄進硬碟裏面，把三百多張唱片全部轉贈給好友劉叔叔。

　　媽媽最喜歡看書，無論是詩歌、小

說、哲學經典、世界歷史⋯⋯她全部都讀得津津有味。媽媽看着自己的藏書，這本不捨得，那本又不願丟掉。她收拾了兩小時，原來只是在翻看書本。她說：「我要把書再讀一遍才能決定是否丟掉。」最後，爸爸只好租用了一個迷你倉，讓媽媽把她心愛的書本，全部都寄放在迷你倉。

我的玩具可多了，有玩具熊、機械人、遙控車、模型飛機、水槍。我決定把它們全部都送給表弟。雖然這些都是我心愛的玩具，但是我已經不是小孩子了，現在的我更喜歡和朋友一起做運動，或是搞藝術創作。這些玩具早已成了擺設，希望它們在表弟身邊能發揮更大的作用。我將玩具分門別類裝進紙箱中，在心中和它們道別，像是告別了我的童年。

搬家當天，我們早就把家中物品都裝入紙皮箱。紙箱十分沉重，搬家公司的搬運工人將箱子都裝進貨櫃車。爸爸和工人坐貨車，我和媽媽坐巴士，分頭前往新家。我們很快就要在新屋生活了，真是非常期待。

文章分析

找出最具價值的內容

　　題為《搬家記》，這篇文章的重點放在搬家前的準備。在香港，將家具由舊居搬到新居，一般在一天之內便可完成。但將家中物品分類裝箱，決定丟棄還是保留，卻可以是一個漫長的過程。因此文章重點放在事前的準備，亦是合理、可行的處理。當然，這並不是唯一的選擇。你可以將重點放在搬家當日，記敍眾人如何辛苦，合力搬運等等。本文的處理只是其中一種方法，而不是唯一合理的寫法。

分述描寫對象

　　文中家庭成員共有三人，爸爸，媽媽和「我」。本文採取分述的寫作手法，分段描寫三人在搬家前如何處理自己的物品。這樣寫的好處是條理清晰，且能突出每個人的特點。處理記事文章時，如能刻畫典型，例如文中爸爸熱愛音樂，而媽媽喜愛閱讀，是一個「書蟲」，則可顯出作者的觀察力，值得學習。

開放式結尾

　　本文採用開放式結尾的寫法，沒有點明新居的狀況。由於文章集中描寫搬家前的準備，故搬家當天的過程只是輕輕帶過。至於新居的房間間隔、交通、景色、家具、鄰居等等，這些都留給讀者想像。作者就以期待的心情結束全文。這亦是別出心裁的一種寫作方式，使文章有更多的可能性。

詞彙

與整理、清潔相關的詞語：

擦拭、清洗、大掃除、井井有條、乾乾淨淨、一塵不染、窗明几淨

搬家用到的工具：

膠紙、手套、毛巾、裁紙刀、紙皮箱、手推車、木板車、貨櫃車、小型貨車

描寫搬家感受的詞語：

雀躍、興奮、繁瑣、憂愁、困難重重、汗如雨下、依依不捨、工作繁重、雜亂無章

題目 6 一次難忘的購物經歷

步驟 1

想—想

看到作文題目後，你可以從不同角度思考與購物有關的問題，這有助激發你的想像力。

- 你喜歡逛商場嗎？
- 你最喜歡買什麼？
- 你可以自己決定要買什麼嗎？
- 你會自己付錢嗎？
- 買東西時，你會考慮什麼因素？
- 你有試過很想買一樣東西，但卻無法如願以償嗎？
- 你終於買到想要的東西時，心情如何？
- 你有過不愉快的購物經歷嗎？
- 有人會在你購物時給予意見嗎？

現在，讓我們把聯想的東西用思維導圖呈現吧！

思維導圖

店舖的
環境

攤位眾多

貨品
琳瑯滿目

看得人
眼花繚亂

我的心情

沒有買到最喜歡
的玩具很失望

想要存錢買
遊戲機

挑選生日禮物

去玩具店
現場挑選

步驟 3　　找出重點來

我們通過思維導圖來幫助聯想，但未必每一樣東西都需要放到文章中。你可以選取一些重點寫到文章裏。

購物的原因
為什麼購物？我打算買什麼？

_____

購物的地點
我到哪裏購物？是街邊的玩具店，還是大商場？

_____

購物的經過
我有挑選到自己喜歡的東西嗎？過程是否順利？

_____

購物的感受
這是一次開心的經歷嗎？

_____

完成這些步驟，就可以開始寫文章了！

一次難忘的購物經歷

今天是我的生日。爸爸在一個月前，答應讓我買一樣玩具做生日禮物。雖然有這麼長時間讓我考慮買什麼玩具，但我想要的玩具實在太多了。結果日復一日，我始終無法做出決定。最後，我提議和爸爸一起逛玩具店，這樣我就能知道哪樣玩具合我心意了。

店裏玩具種類繁多，琳瑯滿目，真叫人不知從何入手。最讓我興奮莫名的，就是電子遊戲機。我望望電子遊戲機，再望向爸爸。只見爸爸的目光望向價錢牌，眉頭緊皺，面有難色。於是我話到口邊，也只能硬生生吞回肚子裏。我知道遊戲機是無望了。

再向前行，我看到了限量版的鐵甲人！這個鐵甲人製作得非常精細，就連排氣口和散熱氣孔也沒有遺漏。紅白色的配搭，光鮮奪目。光是望着，我已經被深深吸引了。但我還未開口，爸爸已經搶先拖着我走向別處了，我連摸一下包裝的機會都沒有。我有些心灰意冷，

這麼大的玩具店，橫跨多個舖位，我竟然無法買到一件合適的玩具。

走着走着，我們來到了遙控玩具陳列架。爸爸指着一架跑車說：「你看這架跑車，烈焰火紅，不是很威風嗎？」也好，這樣我就能和福仔來一場遙控車比賽了。「爸爸，我就要這架車做生日禮物吧。」

爸爸付錢的時候，我暗自下定了決心。明年，我不會再要生日禮物，後年，我也不要。我要將兩年的機會都儲起來。第三年時，爸爸就會買遊戲機給我了。

文章分析

交代原因

　　本文題為《一次難忘的購物經歷》，首段交代作者購物的原因，是要選擇自己的生日禮物。因為作者有太多玩具想買，故此採取了最直接的方法，到玩具店去看各種不同的玩具，自然地引出下文購物的過程，也點出了作者對生日禮物十分看重，所以最後作者未能如願買到心頭好時，便更突出了遺憾之情。

心理描寫

　　作者以第一人稱視角敍事，在挑選玩具的過程中加入了不少內心活動。例如，文中作者察覺到爸爸望向價錢牌時面露難色，心中便知道遊戲機無望。最後決定買下玩具車時，作者內心想的是可以和朋友進行比賽。這些心理活動貫穿全文，表現了人物複雜的情緒，豐富了人物的性格，值得學習。

借事抒情

　　雖然本文為記事文章，但記事之中亦可以加入適量的抒情篇幅。本文就以失望之情串貫全文。因為喜歡的玩具的價錢太貴，父母只能讓小孩子選擇其他玩具，這在不少人的童年裏常會出現。因此本文細緻刻畫了小孩子拿起玩具又被迫放下的失望之情。結尾暗下決心，為了心儀的玩具付出等待的代價，令人莞爾又同情。我們不知道三年之後，作者能否收到遊戲機作生日禮物，但作者借故事抒發的感情，我們感同身受。

詞彙

與玩具有關的詞語：

水槍、積木、玩具屋、洋娃娃、遙控車、模型飛機、電子遊戲機

形容失望的詞語：

失落、沮喪、哀愁、垂頭喪氣、悶悶不樂、心灰意冷、大失所望

形容難忘的詞語：

記憶猶新、念念不忘、牢記於心、耿耿於懷、日思夜想、牽腸掛肚

題目 7 去公園散步

步驟 1

想—想

看到作文題目後，你可以從不同角度思考與公園有關的問題，這有助激發你的想像力。

- 公園位於何處？附近的風景如何呢？
- 什麼人會到這個公園遊玩？
- 這個地方會因為季節不同而有不同的景色和遊客嗎？
- 你是獨自一人到此，還是與家人朋友一同前來？
- 你是第一次到訪此處，還是舊地重遊？
- 這個地方是十年如一日，還是有很大的變化呢？
- 你抱着怎樣的心情來到此處呢？
- 遊覽過後，你覺得失望還是高興呢？

現在，讓我們把聯想的東西用思維導圖呈現吧！

思維導圖

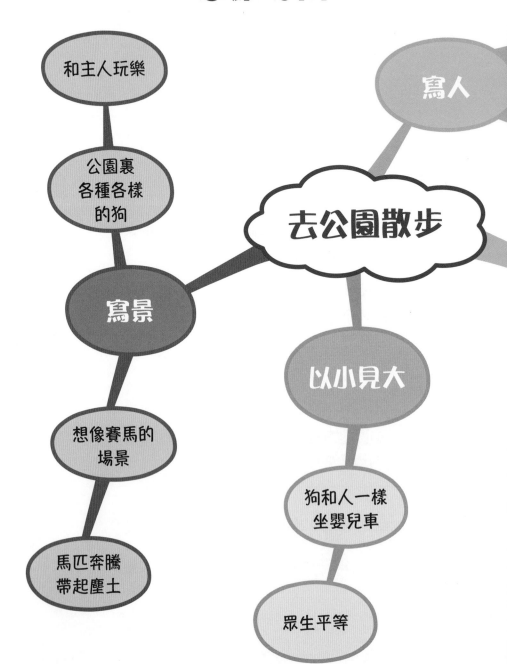

和主人玩樂

公園裏
各種各樣
的狗

寫景

想像賽馬的
場景

馬匹奔騰
帶起塵土

寫人

去公園散步

以小見大

狗和人一樣
坐嬰兒車

眾生平等

弟弟在
嬰兒車裏

和狗互動

和父母一起
散步

父母步伐較慢

抒情

看到弟弟
很可愛

想起爸爸媽媽
對自己的期望

希望弟弟
快高長大

決心做一個
好哥哥照顧
弟弟

步驟 3　找出重點來

我們通過思維導圖來幫助聯想，但未必每一樣東西都需要放到文章中。你可以選取一些重點寫到文章裏。

公園的位置
我遊覽了哪一個公園？它在什麼地方？

_____

公園裏的人羣
人們在做什麼？有沒有令人印象深刻的事發生？

_____

遊覽公園的過程
我在公園裏做了哪些事？誰和我一起？

_____

我的感受
遊覽過後，我有什麼體會？

_____

完成這些步驟，就可以開始寫文章了！

去公園散步

　　星期六，我們一家人來到彭福公園散心。現在分明已是秋天，但刺眼的陽光射來，一絲涼意也沒有。彭福公園位於沙田馬場。從火炭地鐵站出發，只需要步行十分鐘便能抵達，交通方便，適合一家大小到此玩樂。今天沒有賽馬，叫囂、馬鳴、掌聲、哭喊，全部還未進場。整個公園分外寧靜，叫人覺得安逸休閒。

　　爸爸和媽媽推着嬰兒車，等待升降機。嬰兒車裏載着我七個月大的小弟弟。我第一次來到此處，好奇地四處張望。一望之下才發現，原來在我身後還有幾架手推車，但車裏載着的不是小孩卻是小狗。看着狗和人一樣得到如此細心的照顧，不禁莞爾一笑。轉念一想，眾生皆平等，有什麼好值得大驚小怪呢？

　　公園裏有體形碩大的狼狗、短腳的哥基、一臉蠢相卻又笑容可掬的沙皮狗，大大小小，黑白黃灰，不一而足。牠們跑跑跳跳，你追我逐。有的在和主人玩接球遊

戲，小狗從遠處把球叼回來，又興奮地等待着下一球。弟弟第一次看到狗，瞪着公園裏的狗，目不轉睛，非常好奇。時不時還揮動小拳頭，彷彿在和小狗打招呼。看着弟弟可愛的樣子，我忽然明白父母為什麼總是這樣說：「你現在是哥哥了，要做一個好榜樣。有能力就要照顧弟弟。」

對啊！我現在是哥哥了。我應該做好自己，盡力減輕爸爸媽媽的負擔，也應該照顧弟弟。想到這裏，我主動推過弟弟的嬰兒車，和他一起在公園的小徑上散步。「弟弟，你要快點長大，那時候我們就可以在彭福公園捉迷藏了。」

文章分析

寫景、寫人、抒情共冶一爐

　　遊記可以歸入記事文章一類。本文首先點明時、地、人、事，滿足了遊記的基本要求。但文章的好壞還要看以下準則，譬如：想像是否有新意、抒情是否深刻、寫景是否細緻、寫人是否傳神，這樣才能顯出作者的心思。因此作者在文章中加入了對附近馬場的想像、小狗和主人玩樂的場景、作者和弟弟相處的點滴。將景物、人物和情感交融在一起，使文章更加豐富。

以小見大

　　在描寫景物時，作者選取了特別的角度來創作。作者觀察到狗隻和嬰兒一樣可以坐手推車出行，進而對眾生平等這一道理加以思考，是從「小」的事物上領悟到「大」的道理。增加了文章的深度，這種寫作手法值得學習。

語言描寫

　　本文還運用到了語言描寫。文章結尾處，作者對弟弟說「弟弟，你要快點長大，那時候我們就可以在彭福公園捉迷藏了。」引號裏的句子就是語言描寫當中的內心獨白。內心獨白就像是自言自語，能很好地展現人物的內心活動。文中，作者看見弟弟的可愛之處，就希望弟弟快高長大，想要弟弟長大了一起玩耍。所以作者以獨白的方式對弟弟說話，雖然弟弟暫時不會回答，但讀者亦能體會到兄弟之間可貴的親情。

詞彙

與公園景物有關的詞語：

鞦韆、滑梯、木馬、繩網、單槓、長椅、蹺蹺
板、汽水販賣機

描寫公園裏人羣活動的詞語：

玩耍、追逐、嬉戲、攀爬、上躥下跳、你追我
趕、跑跑跳跳、歡聲笑語

描寫寵物的詞語：

頑皮、活潑、溫順、兇惡、敏捷、毛茸茸、善解
人意、神氣活現

步驟 1

想一想

看到作文題目後，你可以從不同角度思考與掃墓有關的問題，這有助激發你的想像力。

- 有什麼特定的節日我們會掃墓？
- 掃墓之前我們有什麼要準備？
- 衣着方面有什麼要注意嗎？
- 祭品可以在什麼地方購買？
- 掃墓是為了什麼？
- 掃墓時有什麼禁忌要留意呢？
- 掃墓的步驟是怎樣的？
- 掃墓時有什麼安全問題要留意？
- 拜祭後的火種要如何處理？
- 用來祭祀的食物在拜祭後要如何處理？

現在，讓我們把聯想的東西用思維導圖呈現吧！

思維導圖

家人的重視

清明節要到了

避開人潮

掃墓的原因

提早兩星期掃墓

掃墓

步驟

除草

清潔墳頭

用濕毛巾擦拭墳頭

用磁漆補色

擦拭祖父母照片

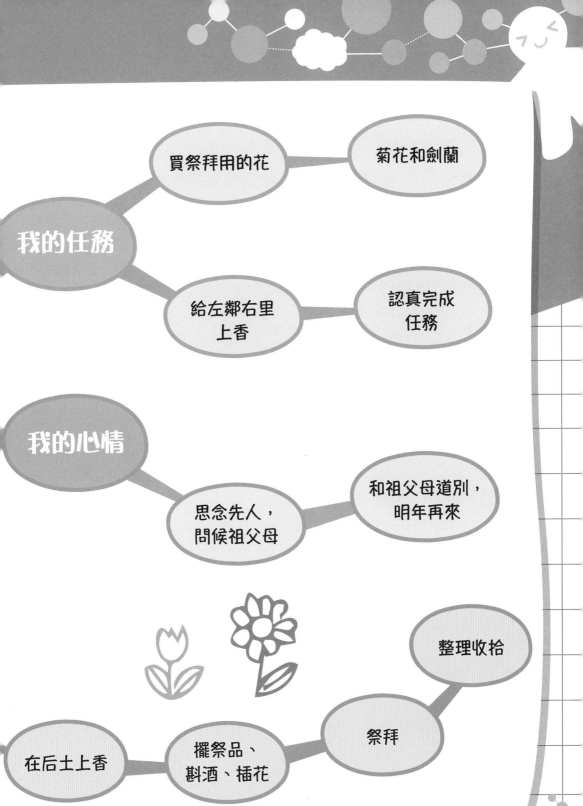

我的任務

買祭拜用的花　　菊花和劍蘭

給左鄰右里上香　　認真完成任務

我的心情

思念先人，問候祖父母　　和祖父母道別，明年再來

整理收拾

祭拜

在后土上香　　擺祭品、斟酒、插花

找出重點來

我們通過思維導圖來幫助聯想，但未必每一樣東西都需要放到文章中。你可以選取一些重點寫到文章裏。

掃墓的原因
我們為什麼要去掃墓？我和誰一起去？

_____

掃墓前的準備
需要帶什麼東西？它們在哪裏可以買到？

_____

掃墓的過程
有哪些習俗要遵守？我負責做什麼？

_____

心情與感受
掃墓時我在想什麼？我有什麼感覺？

_____

完成這些步驟，就可以開始寫文章了！

掃墓

清明節快到了，我們一家人要拜祭祖父、祖母。但清明節正日，墳場總是人山人海，香燭冥鏹，更是易生意外。因此我們總是提早兩星期掃墓。

今天就是掃墓的日子。媽媽提早買齊了金銀衣紙。我就在樓下的花店買了些菊花和劍蘭。一覺醒來，爸爸已經出門到街市買燒肉和雞。我和媽媽穿上樸素的黑色衣服，帶齊工具和祭品，在巴士站和爸爸會合，出發前往墳場。

祖父祖母合葬在同一個墳頭，這樣他們就不怕寂寞。爸爸戴上勞工手套，用濕毛巾抹乾淨墳頭。

爸爸特別仔細地拭抹祖父和祖母的照片，還有石碑的刻字。然後他便拔走周圍的雜草。一番收拾後，他拿出紅色的磁漆，小心翼翼地用毛筆補回石碑腿色的字跡。清理妥當，媽媽便在后土上香。這時，我可忙碌了。爸爸讓我點燃一大束檀香，然後在祖父祖母的「左鄰右里」上香。爸爸說這叫打招呼。我便依照着爸爸媽媽的指示，認真地在附近的墓頭彎腰上香。

我完成任務後，媽媽已經將祭品擺得井井有條。她把燒肉、雞、水果分別排好，再將酒和茶斟滿三杯。至於鮮花就分別插在兩個花瓶中。爸爸首先為祖父祖母上香，他一邊上香，一邊說：「爸爸媽媽，這件燒肉好靚呀，喜歡嘛？保佑我們一家平安，健健康康。」然後輪到媽媽，最後是我。

接下來，我們把所有金銀衣紙都放進化寶盆裏燃燒殆盡，再用水淋熄火種。我們收拾好祭品，再依次向祖父祖母道別。我說：「祖父，祖母，我們明年再來探你們。明年再見！」

文章分析

找準行文基調

　　本文記述了一次掃墓的經歷。在中國傳統社會裏，掃墓祭祖是盡孝的表現，屬於頭等大事。也是人們對逝者表達思念、尊敬的方式。所以，這類題目的文章，行文宜嚴肅、正經。文章首段即交代作者一家人提早掃墓，讓人一望便知後文的內容，也奠定了整篇文章的基調。

條理清晰地記敍

　　本文重點描寫了一家人拜祭先人的過程。作者真實地記述了掃墓的先後次序。做清潔、除草、上香等等，一步一步將整個過程條理清晰地展現在讀者面前。這種做法的好處是讓沒有過掃墓經歷的讀者也能身臨其境，讀懂文章的內容。

抒發對先人的思念之情

　　祭祀時，我們很自然會懷念先人，本文所描寫的家庭也不例外。因此在描寫祭祀的過程中，作者的家庭亦透過「稟神」去抒發對先人的掛念和關愛。譬如，爸爸就會一邊上香，一邊問他的父母是否喜歡這塊燒肉。又如作者在離開時不忘向祖父、祖母道別，以上種種都是「雖死猶生」觀念下所衍生的習俗。本文這樣處理，既忠實描寫了一般香港家庭的祭祀過程，亦表達了對先人的追悼懷念，寫來感人。讀者在處理相關題材時亦可多加留意。

詞彙

祭祀用品：

雞、橙、蘋果、劍蘭、菊花、燒肉、燒酒、蠟燭、檀香、金銀衣紙

描寫墳場環境的詞語：

安靜、偏遠、擠擁、人山人海、山明水秀、雜草叢生、四野無人、人跡罕至

與掃墓時的心情有關的詞語：

嚴肅、認真、莊重、感恩、誠心、傷感、追憶先人

現在由你嘗試利用思維導圖寫作了！請跟着以下步驟試試看。

練習題目 一次生病的經歷

步驟 1：想一想

看到作文題目後，你可以從不同角度思考與生病有關的問題，這有助激發你的想像力。

- 你為什麼會生病？
- 生病時誰來照顧你？
- 你在家中還是醫院休養？
- 你需要戒口嗎？
- 藥的味道如何？
- 醫生對你有什麼叮囑？
- 護士給了你怎樣的幫助？
- 你生病時學校的功課怎樣解決？
- 這次生病你有學到什麼教訓嗎？

現在請根據聯想到的東西完成下頁的思維導圖，幫助思考。思維導圖可按需要不斷延伸，你可以另外用紙書寫。

請你從思維導圖中選取一些重點寫到文章裏，快取出紙張動筆寫寫看吧！

延伸活動

和朋友一起練習思維導圖吧！

你知道嗎？思維導圖其實不一定要寫在紙上。它們像靈感一樣，經常在我們的腦海中自動發散。就算手邊沒有紙筆，在靈感來臨時，你也可以試試和你的朋友進行口頭上的頭腦風暴。選定一個話題，暢聊不同的想法，這對寫作也很有幫助呢！

跟着下面的步驟，隨時開始你的頭腦風暴吧！

1. 由你或你的朋友任意選擇一個話題。例如：生日。
2. 在時限內（例如：30秒）思考和該話題有關的事物。
   例如：蛋糕、禮物。
3. 和你的朋友輪流發言，看看誰的想法更多。

遊戲人數可多可少，也可以根據不同情況調整思考時間的長短。

新雅中文教室

思維導圖學作文——寫景、寫事篇

作　　者：黎浩瑋
插　　圖：ruru lo cheng
責任編輯：張斐然
美術設計：張思婷
出　　版：新雅文化事業有限公司
　　　　　香港英皇道499號北角工業大廈18樓
　　　　　電話：（852）2138 7998
　　　　　傳真：（852）2597 4003
　　　　　網址：http://www.sunya.com.hk
　　　　　電郵：marketing@sunya.com.hk
發　　行：香港聯合書刊物流有限公司
　　　　　香港荃灣德士古道220-248號荃灣工業中心16樓
　　　　　電話：（852）2150 2100
　　　　　傳真：（852）2407 3062
　　　　　電郵：info@suplogistics.com.hk
印　　刷：中華商務彩色印刷有限公司
　　　　　香港新界大埔汀麗路36號
版　　次：二〇二一年十一月初版
　　　　　二〇二四年四月第四次印刷

ISBN : 978-962-08-7874-9